TINA BARG

Als Waisenkind im Niger Delta

Bibliografische Information
der Deutschen Nationalbibliothek:

Die Deutsche Nationalbibliothek verzeichnet diese Publikation in der Deutschen Nationalbibliografie. Detaillierte bibliografische Daten sind im Internet über http://www.d-nb.de abrufbar.

Alle Rechte der Verbreitung, auch durch Film, Funk und Fernsehen, fotomechanische Wiedergabe, Tonträger, elektronische Datenträger und auszugsweisen Nachdruck, sind vorbehalten.

www.vindobonaverlag.com

© 2024 Vindobona Verlag

ISBN 978-3-903574-12-0
Lektorat: Andrea Pichler
Umschlagabbildungen: Kseniia Lapteva, Yarr65 | Dreamstime.com, Tina Barg
Umschlaggestaltung, Layout & Satz: Vindobona Verlag
Innenabbildungen: Tina Barg

Die vom Autor zur Verfügung gestellten Abbildungen wurden in der bestmöglichen Qualität gedruckt.

Gedruckt in der Europäischen Union auf umweltfreundlichem, chlor- und säurefrei gebleichtem Papier.

Inhaltsverzeichnis

Kapitel 1: Die beiden Begegnungen mit
meinem Vater 7
Beim ersten Mal war ich fünf und beim zweiten Mal neunzehn Jahre alt.

Kapitel 2: Meine Mutter 29
Sie hat ihre sieben Kinder allein erzogen, einen Vater gab es nicht in der Familie – sie hat die Bäckerei betrieben, ein Mann im Haus wurde nicht vermisst.

Kapitel 3: Meine Aufnahme an der
University of Ibadan 36
Niemand (auch ich nicht) glaubte daran, dass ich einen Platz in Nigerias ältester und bester Universität bekommen würde – ich schaffte es, alle Hindernisse aus dem Weg zu räumen.

Kapitel 4: Meine Familie 39
Ich bin mit meinen Kindern zufrieden und sehr glücklich in Deutschland angekommen.

Kapitel 5: Mein ursprünglicher Plan: Kanada 45
Um Nigeria verlassen zu können, hatte ich mich in Kanada beworben für das Federal Skilled Worker Program – dazu musste ich in Ghana meine Papiere an der kanadischen Botschaft einreichen.

Kapitel 6: Unser Zuhause in der neuen Heimat 51
In unserem Dorf sind wir sicher, glücklich und sehr zufrieden.

Kapitel 7: Meine Arbeitserfahrung 53
   Von der Verwaltungsangestellten in der Universität zur Erzieherin im Kindergarten

Kapitel 8: China 60
   Ferienbesuch bei unserer Tochter im Auslandssemester

KAPITEL 1

Die beiden Begegnungen mit meinem Vater

Beim ersten Mal war ich fünf und beim zweiten
Mal neunzehn Jahre alt.

Lieber Vater,

ich bin Deine Tochter Justina. Ich wurde von meiner Mutter in der Schule in *Nembe* angemeldet, als Justina Joseph. Ich hoffe, Du erinnerst Dich an mich. Ich habe Dich bei zwei Gelegenheiten in meinem Leben gesehen.

Beim ersten Mal war ich vier oder fünf, glaube ich, denn ich erinnere mich daran, dass ich ein kleines, scheues Mädchen war, als wir uns trafen.

Das zweite Mal sahen wir uns auf einer Reise mit dem Mann meiner Tante nach *Kano* im Norden von Nigeria. Du lebtest damals in *Lokoja* und hast im Ministerium für Luftfahrt gearbeitet. Ich war sehr neugierig darauf zu sehen, welches Bild mein Vater abgeben würde. Ich war auch ein bisschen ängstlich, Dich zu sehen, war ich doch inzwischen schon achtzehn oder neunzehn Jahre alt. Es war keine einfache Zeit in meinem Leben. Ich war sehr verzweifelt, da meine Tante mich gewarnt hatte, dass ich nicht in ihr Haus zurückkommen dürfe, falls ich gegangen sein sollte, um Dich zu suchen, und für den Fall, dass ich dich finden würde.

Ich hatte keinen „Plan B". Ich wollte Dich nur treffen. Und ich wollte von Dir wissen, ob Du die Briefe alle bekommen hattest, die ich Dir nach dem Tod meiner Mutter geschrieben hatte. Ich war damals in das Haus meiner Ersatzmutter Tante Ruth nach *Port Harcourt* gezogen. Glücklicherweise hatte ich Deine

Adresse in der Schublade eines Schrankes meiner Mutter unter den Briefen gefunden, denn für den Fall, dass die Situation für mich schwierig werden sollte, hatte ich vor, Dich zu fragen, ob Du meine Erziehung finanzieren würdest. Aber offensichtlich warst Du dazu nicht bereit.

Lieber Vater, hast Du dich gefreut, als ich geboren wurde? Warst nicht Du es, der mir meinen Namen gegeben hat? Wusste meine Mutter, dass Du eine andere Familie hattest? Warum hattest Du nicht den Mut, Deiner Familie zu erzählen, dass Du eine Tochter in *Nembe* hast? Glaubtest Du, dass Du es auf ewig verheimlichen könntest? Konntest Du Dich nicht mit mir in Verbindung setzen, weil Dich die Situation finanziell überfordert hätte?

Lieber Vater, hättest Du all die Briefe beantwortet, die ich Dir schrieb, hättest Du mir erklärt, dass Du eine große Familie zu versorgen hättest, die Du beschützen wolltest, hätte ich es verstanden – als Kind wurde ich manchmal „Schildkröte" genannt, weil ich sehr verständig war –, ich hätte es einfach akzeptiert und Dich in Ruhe gelassen.

Lieber Vater, erinnerst Du Dich noch, wie es war, als ich Dich das erste Mal sah? Ich bin weggelaufen vor Dir, weil ich Dich nicht kannte. Ich habe mich als Kind immer vor Männern gefürchtet. Ich wusste nicht warum, und ich weiß es immer noch nicht. Ich vermute, weil ich unter Frauen groß wurde. Das waren meine Großmutter und ihre Töchter, meine Mutter und ihre Schwestern und deren Töchter, meine Cousinen. Es gab keinen Mann im Haus, aber wir alle hatten Kontakt zum Bruder meiner Großmutter, er war Pastor und lebte im Pfarrhaus. Wir hatten auch Kontakt zum Cousin meiner Mutter, der etwas entfernt von uns wohnte. Das waren die Männer, die ich als Kind kannte.

Lieber Vater, ich freue mich, dass ich Dir erzählen kann, dass ich sehr glücklich aufgewachsen bin. Meine Mutter war immer für mich da. Alles, was ich brauchte, hat sie mir gegeben. Ich habe keinen Vater vermisst. In einem Sprichwort heißt es: „Du vermisst nichts, was du nicht kennst." Ich war als Kind sehr zufrieden und liebte alle Leute, die um mich herum waren. Ich denke, meine Zufriedenheit hatte auch etwas zu tun mit der Umgebung, in der ich aufwuchs. Die Nachbarn waren alle sehr nett, Kinder wurden besonders behandelt, wurden umsorgt von älteren Kindern und Tanten in der Familie.

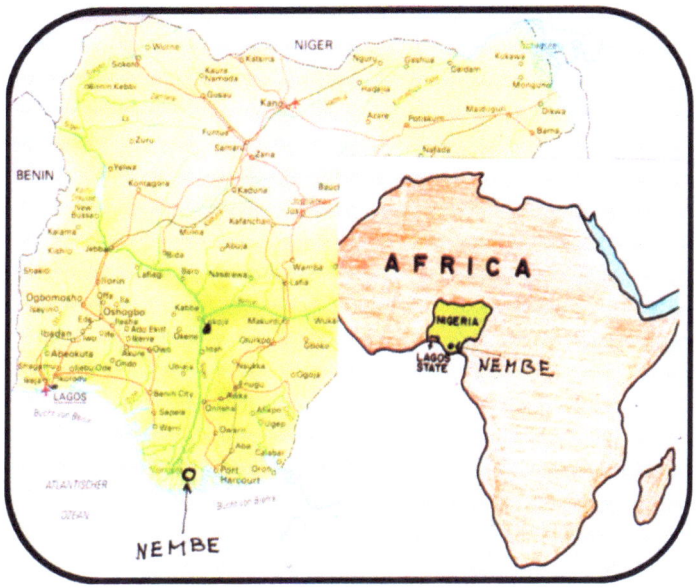

Hauptstraße in Nembe

Manfred und Tina zu Besuch in Nembe im Haus von Tinas Oma, 2014

Tinas Großeltern

Maskenträger beim Fest

Gas wird beim Abfüllen von Öl am Bohrturm abgefackelt

Lieber Vater, alles lief gut, es war ein schöner Abschnitt in meiner Kindheit, eine perfekte Periode. Aber alles veränderte sich, als meine Mutter starb, als ich elf Jahre alt war. Ich musste nun bei Tante Ruth in *Port Harcourt* leben. Ich wurde aus meiner Umgebung gerissen, weggenommen von den wunderbaren Leuten, die ich kannte. Mein einziger Trost in dieser Zeit waren meine Cousinen, die Kinder von Tante Ruth. Sie waren sehr froh, mich zu haben, und ich mochte sie auch. Egal, wie es ist, dein Heim ist dein Heim. Schwieriger wurde es, als ich größer wurde und zu wissen begann, was ich für mich wollte. Was andere meinten, wie ich sein sollte, kümmerte mich nicht mehr. Ich wusste, wer ich war und folgte meinen eigenen Gedanken. Das machte die Beziehung zwischen mir und meiner Tante sehr schwierig. Wir verstanden uns nicht mehr. Das war der Zeitpunkt, an dem ich mich nach meinem Vater umsehen wollte.

Lieber Vater, ich erinnere mich daran, dass ich im Alter von fünf bis sechs Jahren stets von Albträumen geplagt wurde. Ich hasste es, ins Bett zu gehen, weil ich wusste, ich würde schreckliche Träume haben. Abgesehen von diesen Träumen kam besonders einer immer wieder, ganz gleich, wo ich die Nacht verbrachte, zu Hause oder in der Pfarrei meines Onkels, der dort Pastor war. Ich hatte die Hoffnung, die Albträume würden aufhören, wenn ich in der Pfarrei übernachte. Dort sagten wir unser tägliches Nachtgebet oder hörten unsere Sonntagspredigt.

Der Traum, der mich nicht in Ruhe ließ, ging in etwa so: Eine Frau und ihre Kinder versuchten, mich mit sich zu ziehen. Ich kämpfte mit der Frau, ich zerrte an ihr und schlug sie. Manchmal spuckte sie mir ins Gesicht, wenn ich auf dem Bett lag, und ich spuckte zurück.

Überraschenderweise hörten die Albträume auf, als ich ins Teenageralter kam. Ich hörte auf, ängstlich zu sein, und begann, furchtlos in die Welt zu blicken. Ich vermutete, dass ich diese schrecklichen Träume hatte, weil ich unbewusst Angst hatte, meine Mutter zu verlieren, denn sie war alles, was ich hatte.

Lieber Vater, erinnerst Du Dich, dass ich Dich fragte, ob Du all die Briefe bekommen hast, die ich Dir geschrieben habe, nachdem ich meine Mutter verloren hatte? Das war die einzige Frage, die ich an Dich hatte. Über die Antwort, die ich von Dir bekam, war ich sehr enttäuscht. Du sagtest, Du hättest die Briefe bekommen und fuhrst fort: Ein Vater sei nicht nur eine Person, die ein Kind gezeugt hat, ein Vater könne auch eine bessere und stärkere Beziehung zum Kind eines anderen haben als der biologische Vater. Du sagtest mir, dass es Dir leidtäte, dass Du mir nicht geantwortet hast. Dann hast Du mir meine Geburtsurkunde übergeben. Das war eine große Überraschung für mich. Ich konnte nicht glauben, dass ein Vater, der nichts mit seinem Kind zu tun hat, im Besitz seiner Geburtsurkunde sein konnte.

Lieber Vater, konntest Du meine Geburtsurkunde über zwanzig Jahre vor Deiner Familie verstecken? Warst Du froh darüber, dass ich auftauchte und Du das Problem loswerden konntest? Hat das die Last von Dir genommen? Ich bekam gemischte Gefühle. Ich war froh, dass ich nun mein genaues Geburtsdatum wusste. Gleichzeitig war ich traurig, dass das Dokument in der Zeit in Deinen Händen war, als Du Dich nicht darum gekümmert hast, ob ich überhaupt noch am Leben war. Deswegen habe ich die Urkunde zerrissen. In Nigeria gibt es zum Glück jederzeit die Möglichkeit, sich ohne Dokument auszuweisen per Affidavit.

Lieber Vater, hat meine Mutter mir freiwillig Deinen Vornamen als Familiennamen gegeben anstelle Deines Familiennamens? Wusste sie, dass ich in der Schule mit Problemen konfrontiert werden würde, wegen meines ansonsten fremdartigen Namens? Alle nigerianischen Familiennamen haben Bedeutungen und erzählen, von wo man kommt, wenn der Name erwähnt wird. Von Deinem Vornamen kann niemand darauf schließen, wo ich herkomme, und das war hilfreich für mich während meiner ganzen Schulzeit. Keine Augenbrauen erhoben sich, wie wenn ich gesagt hätte, dass ich von *Rivers-State* komme. Es war klug und rücksichtsvoll von meiner Mutter, so gehandelt zu haben. Jedes Mal, wenn ich mich identifizieren musste, konnte ich das mit dem Mädchennamen meiner Mutter tun. Dein Vorname als mein Familienname hat keine Bedeutung, er sagt nichts über meine Herkunft. Es ist kein nigerianischer Name, er stammt aus der Bibel.

Lieber Vater, erinnerst Du Dich an das letzte Mal, als Du versucht hast, mit mir in Kontakt zu treten? Ich erinnere mich, dass Du mir zum ersten Mal etwas Geld geschickt hast im letzten Jahr an der Universität, eine große Überraschung. Damals dachte ich aber, ich sollte mich nicht um meinen Vater kümmern, sondern daran denken, wie ich einen guten Job finden und eine eigene Familie gründen würde.

Lieber Vater, hast Du tatsächlich gedacht, ich würde Dich niemals finden? Weißt Du, dass unter dem Licht der Sonne nichts verborgen bleibt? Du weißt, dass es reiner Zufall war, dass ich Deinen Sohn kennenlernte. Er studierte an der *University of Benin,* wo sich auch meine Cousine Ify, Ruths Tochter, befand. Sie kam in den Ferien nach Hause und erzählte mir, dass sie meinen Bruder getroffen hatte. „Wer ist mein Bruder?" – „Der Sohn deines Vaters, er studiert an derselben Uni wie ich." Jeder dachte, sie startet eine dieser unrealistischen Storys wie üblich. Sie war bekannt dafür, Geschichten und Späße nach Hause zu bringen, also glaubte ihr niemand. Sie versuchte, uns zu überzeugen, dass sie die Wahrheit sagte. Sie nannte uns seinen vollständigen Namen und dass er an der Uni immatrikuliert sei. Ich war überrascht, dass sie Deinen Familiennamen kannte, war ich doch unter Deinem Vornamen bekannt. Vermutlich hat ihre Mutter ihr den Namen genannt. Ich dachte, ich sei die Einzige, die Deinen Familiennamen kannte. Hätte ich nicht einen oder zwei Deiner Briefe an meine Mutter gesehen, so hätte auch ich nicht Deinen vollständigen Namen gewusst.

Lieber Vater, es kommt mir so vor, als sei alles über mich echt zufällig. Wie denkst Du darüber? Liege ich richtig oder falsch? Hat Dein Sohn Dich gefragt, ob er mich besuchen sollte? Er machte mir einen Überraschungsbesuch. Wollte er herausfinden, ob meine Cousine die Wahrheit gesagt hatte und er eine Schwester in *Port-Harcourt* hatte? Das muss ein Schock für ihn gewesen sein, nicht wahr? Wann hat er Dich damit konfrontiert, vor oder nach seinem Besuch bei mir? Wie konntest Du ihm alles erklären? Was hast Du ihm erzählt? War er enttäuscht von Dir oder war er erfreut zu wissen, dass er noch eine weitere Schwester hat? Hast Du danach auch Deine anderen Kinder und deren Mutter informiert? Oder hast Du ihn gebeten, es geheim zu halten, so wie Du es zwanzig Jahre lang getan hattest? Wie hast Du Dich gefühlt, als er Dich damit konfrontiert hat? Bist Du zu einem Priester zur Beichte gegangen?

Lieber Vater, wenn ich zu Dir gekommen wäre, um mit Dir zu leben, als ich aus dem Haus meiner Tante rausgeworfen wurde, hättest Du deine Tür für mich aufgemacht? Wärst Du in der Lage gewesen, mich in Deine Familie aufzunehmen? Ich bekam einen guten Eindruck von Deinem Sohn als einen sehr sorgenden jungen Mann. Er war sehr glücklich und begeistert, als er mich sah. Ich weiß nicht, was er in meinem Gesicht las. Er war ein Fremder für mich, aber ich weiß, dass ich die Mühe bewunderte, mit der er so weit gereist war, um das Geheimnis seines Vaters zu entdecken. Hat Dein Sohn Dir erzählt, dass ich auch seinen Besuch erwidert habe? Zwei Jahre nach seinem Besuch wurde ich in die *Federal School of Arts and Science Ondo* aufgenommen. Von dort nach *Benin City,* wo er studierte, war es nicht weit. Ich konnte ihn besuchen, weil ja auch meine Cousine dort studierte. Er zeigte mir einige Fotos in seinem Album, so dass in meinem Kopf ein Bild Deiner Familie entstand.

Lieber Vater, meine glückliche Kindheit hat mich ein Leben lang begleitet, nichts konnte diesen Abschnitt in meinem Leben trüben. Mein Leben als Teenager war sehr traumatisch und voller Stress. Es war ein Leben voller Kampf und auch voller Träume, was die Zukunft bringen würde und wie mein Leben sein sollte. Trotzdem bin ich glücklich geblieben.

Ich verbrachte die längste Zeit meines Teenagerlebens im Internat, wo ich lernte, mich in der Öffentlichkeit zu bewegen, ich lernte Sitten und Etikette kennen. Der interessanteste Teil meines Lebens im Internat war die Begegnung mit Schülerinnen aus anderen Teilen des Landes und außerschulische Aktivitäten. Einige Schülerinnen waren aus polygamen Familien. Schrecklich fand ich die Strafen für Verspätungen beim Essen und Unterricht, oder wenn man irgendeine der Regeln nicht beachtete. Wir mussten uns niederknien und die Hände hochhalten oder den Rasen mit einer Machete schneiden. Das Leben im Internat war eine interessante Mischung, welche die nigerianische Gesellschaft widerspiegelte. Es gab Schülerinnen aus verschiedenen religiösen Gruppen, Christen, Muslime und Atheisten. Am Sonntag gingen wir alle zusammen entweder in die katholische oder in die anglikanische Kirche in der Stadt, weil es ein christliches Internat war.

Zum Ferienbeginn konnte man die verschiedenen Schichten der Gesellschaft beobachten und deutlich erkennen. Die Kinder der reichen Familien wurden mit ihren Sachen von einem Fahrer aus dem Internat abgeholt, obwohl ihnen eigentlich der Zutritt verboten war, weil es ein Internat für Mädchen war. Einige wurden von den Eltern mit dem Auto abgeholt, die Ärmeren trugen die lange Strecke entlang, auf der staubigen Straßen zum Bus, ihre Sachen auf dem Kopf.

In den Ferien ging ich nach Hause zu Tante Ruth. Sie war zufrieden, mich zu sehen, denn ich arbeitete eine Menge im

Haus. Ich fand das in Ordnung, schließlich bezahlte sie mein Schulgeld. Abgesehen davon war ich glücklich, meine Cousinen wiederzusehen, Ify war mehr wie meine beste Freundin. Wir packten unser Essen in einen gemeinsamen Teller, wir schliefen zusammen in einem Bett. Wir machten eine Menge Späße und natürlich stritten wir auch miteinander, manchmal heftig. Das Haus war nur still, wenn wir damit fertig waren. Die anderen waren froh, wenn wir nicht dauernd herumalberten und über sie lachten.

Lieber Vater, der härteste Teil meines Lebens begann, als ich die weiterführende Schule beendete. Ich wurde konfrontiert mit meiner Verantwortung, die ich im Haus zu übernehmen hatte. Ich musste mein Abschlussexamen wiederholen. Das bedeutete, dass ich mich in einer Förderschule anmelden musste, wenn ich die Schule weiter fortsetzen wollte. Meine Tante Ruth hatte andere Pläne. Sie wollte, dass ich eine Lehre machen sollte. Das wollte ich nicht, ich wollte studieren wie ihre Kinder. Es endete damit, dass ich ein Jahr zu Hause bleiben musste. Meine Freundinnen rieten mir, einfach wegzulaufen, aber wohin? Und was würde dann aus meinem Studium? Das war die Zeit, in der meine Tante und ich uns völlig auseinanderlebten. Ich durfte meine Freunde nicht besuchen, ich wurde gezwungen, im Haus alle Arbeiten zu erledigen, zu kochen und sauberzumachen. Dafür erwartete ich ein klein wenig an Freizügigkeit. Ich musste mich zu meinen Freunden davonschleichen und wenn ich zurückkam, wurde ich beschimpft und geschlagen. An einem bestimmten Punkt hatte ich mich daran gewöhnt, als es meiner Tante in einem nächsten Schritt einfiel, mir damit zu drohen, meine Sachen nach draußen zu werfen, wenn ich mich noch mal außer Haus begeben würde. Ihre Drohung, rausgeworfen zu werden, war mir egal, nichts konnte mich mehr stoppen. Ich wusste, dass es nur eine Drohung war, weil sie mich im Haus brauchte.

Lieber Vater, was glaubst Du? Wenn jemand ein guter Mensch ist, geschehen ihm dann auch gute Dinge? Ich wurde für ein Jahr vom Haus meiner Tante gerettet. Ein Freund des Mannes meiner Tante kam uns besuchen. Er war der Chef einer Förderschule in unserer Nachbarprovinz *Ondo State*. Er fragte, was denn ein Kind meines Alters zu Hause täte. Meine Tante erklärte ihm, dass ich meine Abschlussprüfung nicht bestanden hätte. Er versprach, er könne mir bei der Aufnahme in seine Schule helfen. Das war eine große Erleichterung für mich. Ich war sehr begeistert und glücklich. Der Mann meiner Tante unterstützte die Idee, als es so weit war. Zwei Jahre vorher hatte er auch zwei Kinder meiner Tante aufgenommen.

Ruth kam auf die scheußliche Idee, mich nur gehen zu lassen mit abgeschnittenen Haaren. Sie wolle nicht, dass ich von meinem Studium abgelenkt würde, wenn dauernd Jungen oder Männer nach mir schielen würden, heuchelte sie. Es war nur eine falsche Begründung. Das Einzige, was ich damals im Kopf hatte, war ein guter Schulabschluss. Ich schrie und weinte, ich wollte meine Haare behalten. Meine Oma tröstete mich, mein dichtes und starkes Haar würde schnell nachwachsen. Ich ging zur Frisörin. Die wunderte sich, warum ich meine wunderbaren Haare abschneiden lassen wollte. Ich log, die Schule würde lange Haare nicht erlauben. Ein typisch nigerianisches Verhalten, um nicht über sein Problem zu sprechen, vermeidet man, die Wahrheit zu sagen. An der neuen Schule bewunderten mich alle wegen meines Kurzhaarschnitts. Alle Mädchen in meinem Alter hatten lange Haare. So war meine Frisur sehr auffallend.

Lieber Vater, am Ende des Schuljahres bestand ich meine Prüfung und fuhr nach Hause. Begeistert zeigte ich meiner Tante mein Zeugnis. Und wieder zeigte sie eine scheußliche Reaktion: Sie fragte, ob ich es gekauft hätte! Ich war schockiert. Ich war noch viel zu naiv, um zu wissen, dass man Zeugnisse auch kaufen kann, aber ich hätte gar nicht genug Geld gehabt, gute Noten kaufen zu können.

Ich brauchte zwei verschiedene Abschlüsse, um mich für die Universität zu qualifizieren: WAEC (West African Examination Council – Abschluss ohne Studienberechtigung) und *JAMB. (Joint Admission and Matriculation Board – notwendig für Universität)*. Ich war bei JAMB durchgefallen. Ich musste wiederholen.

Ich versuchte, für die Prüfung zu lernen, aber meine Hauptbeschäftigung bestand aus der Arbeit im Haus, außerdem hatten wir ständig Streit. So ging ich zu einer anderen Tante und fragte sie, ob ich bei ihr wohnen könnte. Sie meinte, dass meine Tante verärgert wäre, wenn sie mich aufnehmen würde, und im Moment stünden die Dinge in ihrem Haus nicht so gut. Sie erzählte ihrer Schwester meinen Wunsch. Das ergab eine Fülle neuer Probleme. Ich konnte den Hass riechen, den Tante Ruth für mich hatte. Sogar in meinen Träumen stritten wir. Ich fühlte mich miserabel. Ich war sehr verzweifelt. Mir wurde klar, dass ich eine vollkommen neue Lösung finden musste.

Ich musste mehrere meiner Bekannten anbetteln und sie bitten, mich finanziell zu unterstützen. Als ich genug Geld zusammen hatte, lief ich davon. Keiner wusste, wo ich war. Nach drei Monaten schrieb ich meiner Großmutter einen Brief und erklärte ihr, wo ich abgeblieben war. Ich war zu einer meiner Cousinen gefahren. Sie lebte in *Ibadan*. Sie verdiente nicht viel, aber es war kein Problem, bei ihr zu bleiben.

Das Erste, was ich in meine Reisetasche gepackt hatte, waren meine Bücher. Ich sagte mir: Ich muss studieren, um eine Zukunft zu haben. Bei meiner Cousine studierte ich meine Bücher zu Hause, ich ging nicht zu einer speziellen Schule, das konnte ich mir nicht leisten. Dann meldete ich mich zum Examen an und bestand. Gott hatte meine Bitte gehört. Ein afrikanisches Sprichwort sagt: „Wer fliegen will, muss erst lernen zu stehen." Das war der Anfang meines Erfolgs.

Lieber Vater, ich muss Dir ein Geheimnis erzählen. Wir kennen uns nicht besonders gut, aber ich möchte Dir etwas anvertrauen. Es ist etwas, was ich bisher noch niemandem erzählt habe, außer vor einem Jahr, einer meiner älteren Schwestern. Jedes Mädchen würde sich schämen, davon zu sprechen. Aber vielleicht wird es aus meinem Kopf verschwinden, wenn ich darüber spreche. Es war in dem Jahr, als ich zu der Schule ging, um meine Abschlussprüfung zu wiederholen. Tante Ruth hatte zugestimmt, weil ihr Mann den Plan unterstützte und unter der

Bedingung, dass ich meine Haare kurz schneiden ließ. Er hatte aber noch einen anderen Hintergedanken. Er hatte begonnen, mir schöne Augen zu machen. „Ein schlechter Mann ist noch schlimmer, wenn er denkt, er sei ein Heiliger", sagt man in Afrika. Zu der Zeit lebte auch meine Großmutter im Haus sowie eine andere Verwandte von vierzehn oder fünfzehn Jahren, wir drei schliefen im selben Raum. Er war mutig genug, in unser Zimmer zu kommen, mich aufzuwecken. Er wollte, dass wir uns im Wohnzimmer treffen sollten. Ich konnte ihn nur durch einen kurzen Schrei verscheuchen. Er versuchte es immer wieder erfolglos, daher dachte er über einen leichteren Weg nach. Er sagte meiner Tante, er wolle in sein Dorf gehen und brauchte jemanden, der ihm sein Essen zubereitet. Meine Tante machte alles, was er wollte. Eines Morgens sagte sie mir, ich müsse ihren Mann ins Dorf begleiten. Ich hatte keine andere Wahl. Meine Großmutter fand die Idee auch nicht gut, aber sie konnte es nicht verhindern.

Lieber Vater, ich wurde vom Mann meiner Tante missbraucht. Ich hatte vorher noch nicht mit einem Mann geschlafen. Ich habe ihm seinen Rücken zerkratzt, die Spuren waren nicht zu übersehen. Meine Tante übersah das, fragte nicht weiter und schickte mich wieder mit ihm ins Dorf. Meine Großmutter traute ihm nicht und fragte mich eines Tages direkt, ob er mit mir geschlafen hat. Ich konnte nicht sprechen und schwieg, aber sie hatte den Verdacht. Hätte ich ihr direkt alles erzählt, wäre es das Ende im Haus gewesen und damit auch das Ende meiner finanziellen Grundlage

Meine Großmutter mochte ihn nie, und er sie auch nicht. Sie wollte nicht zu der Hochzeit erscheinen, aber jemand überredete sie, es doch zu tun. Auf einem der Hochzeitsbilder stand sie ganz hinten in der letzten Reihe.

Am Ende des Schuljahres ging ich zurück ins Haus meiner Tante nach *Port Harcourt*. Man erzählte mir, die junge Verwandte, die mit mir und der Großmutter das Zimmer geteilt hatte, sei nach *Nembe* zurückgeschickt worden. Sie war schwanger. Keiner weiß, von wem. Sie ist bei der Geburt gestorben. Vorher konnte sie der Krankenschwester noch sagen, sie solle das Kind zu der Tante in *Port Harcourt* geben.

Meine Tante hat auch ihrem Mann nicht vertraut, wenn es um Frauen ging. Er hatte Kinder mit verschiedenen Frauen. Lange bevor ich in ihr Haus zog, hatte ihn eine Haushaltshilfe vor der Familie bloßgestellt. Er hatte eine Affäre mit ihr und sie rausgeworfen, weil er sie mit einem anderen Mann erwischt hatte. Diejenigen, die er nicht manipulieren konnte, wurden weggeschickt. Meine Tante kannte ihren Mann sehr gut. Ich weiß nicht, warum sie mich nicht geschützt hat. Ich vermute, sie war nicht bereit, der Realität ins Auge zu schauen.

Als ich nach Deutschland zu meinem Mann zog, habe ich ein kleines Buch über mich und Nigeria geschrieben. Einige Seiten habe ich zur Korrektur meiner Cousine Ify geschickt. Sie stellte fest, dass ihr Vater, der Mann meiner Tante Ruth, darin nicht erwähnt wurde, sie fand das eigenartig. Sie fragte mich deshalb direkt, ob ihr Vater mit mir geschlafen hätte. Ich beantwortete ihre Frage nicht. Daraus schloss sie, dass es wohl so war. Sie erzählte mir dann, dass ihre beste Freundin stets vermutet hatte, dass zwischen mir und ihrem Vater etwas war. Sie habe ihr aber nicht geglaubt. Jetzt aber erzählte sie es ihrer Mutter und sie wollten von mir wissen, ob das Kind der jungen Haushaltshilfe auch das Kind des Mannes war. Wie hätte ich das wissen sollen? Warum haben sie nicht den Mann gefragt?

Danach rief mich meine Tante an und entschuldigte sich, dass sie mich nicht beschützt hat, damals. Ich habe die Entschuldigung angenommen und wir haben heute noch Kontakt. Ich werde ihr immer dankbar sein für das, was sie für mich und meine jüngeren Schwestern getan hat. Eine Familie ist kein Club, in dem man die Mitgliedschaft kündigen kann. Wenn ich nicht nach Deutschland gekommen wäre, wenn ich nicht das kleine Buch über Nigeria und seine Kultur geschrieben hätte, wäre das Geheimnis noch immer unentdeckt. Die Nigerianer sagen: „Die Wahrheit ist wie Öl – egal, wie viel Wasser man darauf schüttet, es bleibt oben." Meine Geschichte ist wie ein Film, in dem einzelne Szenen immer wieder auftauchen.

Lieber Vater, weißt Du, dass die meisten Männer in Nigeria ständig hinter Frauen und Mädchen her sind? Wenn die *Me-Too*-Bewegung in Nigeria Fuß fasst, werden viele Männer ins Gefängnis gehen, besonders Vorgesetzte und Lehrer, die weibliche Mitarbeiterinnen nur einstellen, wenn sie mit ihnen Sex haben und deren Studentinnen Prüfungen nur bestehen oder Zeugnisse nur bekommen, wenn sie zu sexuellen Handlungen bereit sind. Damals waren viele Studentinnen hilflos, verängstigt, verzweifelt, wenn sie ihre Zulassung bekommen wollten, und sind leicht in die Falle solcher Männer gegangen. Eigentlich möchte ich den nigerianischen Männern Respekt und Vertrauen entgegenbringen, nur ist es leider so, dass es mehr unangenehme als anständige gibt.

Ich erinnere mich an eine Geschichte auf meinem Weg zur Uni in *Calabar*, wo ich meine ältere Schwester und ihre Familie besuchen wollte. Ich hatte *Port Harcourt* spät verlassen und war in einer Stadt gestrandet, wo ich das Taxi wechseln musste. Ein Mann auf einem Motorrad sprach mich an, ich solle meine Reise heute nicht fortsetzen, es sei schon spät und zu gefährlich. Er sagte, er sei ein verheirateter Mann, ich könne die Nacht in seinem Haus bleiben und am nächsten Tag weiterfahren. Ich war ein wenig skeptisch, nahm sein Angebot aber an, weil ich keine bessere Wahl hatte, ein Telefon gab es nicht, womit ich meine Schwester hätte informieren können. Es stellte sich heraus, dass der Mann einer der ehrenwerten Nigerianer war. Er brachte mich am nächsten Morgen zum Busbahnhof, wo ich meine Reise nach *Calabar* fortsetzte. An der Uni in *Calabar* wollte ich meinen Schwager, der mit seiner Familie auf dem Campus wohnte, in seinem Büro aufsuchen, damit er mich zu ihnen nach Hause bringen konnte. Auf dem Campus stoppte ein Mann mit seinem Auto neben mir und bot mir an, mich mitzunehmen und zur Adresse meiner Schwester zu fahren. Er behauptete, er kenne den Namen meiner Schwester nicht. Er müsse nur noch kurz etwas aus seinem Büro holen, ich solle kurz mit ihm reinkommen. Als ich mich weigerte, lehnte er es ab, mich weiterzufahren. Ich stieg aus und lief eine halbe Stunde zum Studentenheim. Dort kannte ich eine Studentin, der ich einmal mit ihren Papieren weitergeholfen hatte. Ich konnte bei ihr bleiben, und am nächsten Morgen trafen wir meinen Schwager, der mich zu ihnen nach Hause brachte. Vom Balkon meiner Schwester aus erkannte ich am nächsten Morgen auf dem Parkplatz vor dem Haus den Mann, der mich am Abend vorher in sein Büro locken wollte, als er gerade in sein Auto einsteigen wollte. Auch meine Schwester sollte ihn vom Balkon aus sehen und ich erzählte die ganze Geschichte. Er war Dozent und war ein Nachbar, der im selben Block gegenüber wohnte. Die beiden Familien kannten sich gut und die Kinder waren miteinander befreundet. Meine Schwester sagte, ich solle ihn mit der Sache konfrontieren. Dazu war ich nicht mutig genug. In Nigeria gibt es gefährliche Männer an jeder Ecke.

Lieber Vater, es war nicht meine Absicht, die Geschichte mit dem Mann meiner Tante aufzudecken. Ich dachte, sie wüsste alles schon, oder ihre Kinder hätten es schon herausgefunden, erzählt hatte ich ihnen nichts. Meine Cousine Ify sprach mich ernsthaft an: Ich bräuchte eine Therapie. Sie erzählte mir, dass eine ihrer Freundinnen eine ähnliche Erfahrung mit einem nahen Verwandten gemacht hatte. Das habe sie gesundheitlich sehr angeschlagen und sie sei in ärztliche Behandlung gegangen. Ich denke, dass Menschen unterschiedlich reagieren. Ich weiß, dass ich gesund bin und in Ordnung. Ich habe einen Mann, der mich liebt, mir geht es gut. Meinen Kindern geht es gut. Ich fühlte, dass die seelische Verletzung endlich aus meinem Kopf gehen würde, wenn ich Dir davon berichte. Ich tat das nicht vorher, weil ich meine Tante und meine Cousinen nicht verletzen wollte. Ich werde nicht den Finger beißen, der mich gefüttert hat.

Lieber Vater, wäre mein Leben zu jener Zeit leichter gewesen mit Deiner finanziellen Unterstützung? Wären die Dinge für mich leichter gewesen, wenn ich gewusst hätte, dass ich einen Vater habe? Wärst Du bereit gewesen, mir zu helfen, meine Träume zu erreichen? Wie auch immer, ich bin meiner Tante dankbar geblieben. Ohne ihre Hilfe von Anfang an wäre ich nicht in der Lage gewesen, meine schulische Ausbildung zu finanzieren. Man springt nicht einfach so von Null auf Fünf. Ich lernte, wie man ein Haus führt und wie man anderen hilft, die in Not sind. Sie erklärte mir stets: Keiner bleibt dem anderen etwas schuldig, die rechte Hand wäscht die linke, und die linke Hand die rechte.

Ich wünsche keinem Kind zu erleben, was ich durchgemacht habe. Ich bekam Zugang zum Studium an der ersten und besten Universität in Nigeria, der Uni von *Ibadan*. Ich dankte Gott und war stolz und glücklich. Ich habe aus meiner Erfahrung viel gelernt.

Ich ging zurück nach *Port Harcourt,* wo alle meine Verwandten lebten, und zeigte ihnen meine Immatrikulationsbescheinigung. Ich wurde gut aufgenommen und sie waren froh, zu sehen, dass ich nicht nur einfach so weggelaufen war, sondern hart gearbeitet hatte mit einem guten Ergebnis. Dann entschuldigte ich mich bei Tante Ruth für mein heimliches Weggehen. Zu guter Letzt gaben mir einige Mitglieder der Familie sogar Geld für eine Rückkehr zur Uni, auch Tante Ruth steuerte etwas dazu bei.

Speziell für die Kinder von Tante Ruth, besonders für meine Lieblingscousine Ify, war es keine schöne Situation. Sie fanden, ich hätte mehr auf sie vertrauen sollen, bevor ich weglief. Aber weißt Du, zu dieser Zeit hatte ich zu niemandem Vertrauen. Am Ende kamen wir uns wieder näher, und sie waren froh, dass ich mein Ziel erreicht hatte und an der Uni gelandet war.

Lieber Vater, zwei Jahre, nachdem ich an die Uni in Ibadan gekommen war, passierte etwas Schreckliches. Ich verlor meine Cousine in Ibadan, die mich aufgenommen hatte, als ich aus dem Haus meiner Tante weggelaufen war. Sie hatte eine Schule für Hauswirtschaft besucht und arbeitete schon lange als Wirtschafterin in einem Hotel. Sie war dabei, einen Mann als Zweitfrau zu heiraten, und war auch schon schwanger. Sie zog zu ihm und seiner Familie. Sie hatte sich immer gewünscht, zu heiraten. Leider konnte ich sie nicht davon überzeugen, keinen

Mann zu heiraten, der schon eine Familie hat. Damals sprachen viele Mädchen davon, nach der Sekundarstufe zu heiraten. Manche von ihnen waren sehr naiv und wurden die Zweitfrau im Haus ihres Mannes.

Sie zog um. Wenige Wochen danach wurde sie krank und kam in ein privates Krankenhaus, was keine gute Idee war. Die Unikliniken sind als Lehrkrankenhäuser besser ausgestattet, außerdem sogar billiger. Ihr Zustand verschlechterte sich ständig. Sie wurde in die Uniklinik gebracht, was früher hätte geschehen müssen. Dort taten sie ihr Bestes, aber es war zu spät. Es war eine weitere traumatische Situation für mich, für ihre Mutter und ihre Großmutter und die ganze Familie.

Als Kind hatte ich meine Cousine im Alter von sieben Jahren vor dem Ertrinken gerettet. Wir waren damals nach der Schule wie üblich direkt zum See gegangen, um uns abzukühlen, obwohl wir noch nicht schwimmen konnten. An diesem Tag ging sie zu tief ins Wasser und verlor den Boden unter den Füßen. Sie kämpfte mit den Wellen. Glücklicherweise bekam ich sie mit einem Finger noch zu fassen, mit der anderen Hand konnte ich uns an einem Boot festhalten. Wir haben es niemandem erzählt, aus Angst vor einer Strafe, und gingen nie wieder allein zum Schwimmen. Als meine Cousine nun im Krankenhaus starb, wünschte ich mir, ich hätte sie retten können wie damals.

Lieber Vater, zwei Jahre nachdem ich meine Cousine in *Ibadan* verloren hatte, heiratete ich einen Dozenten der Uni, an der ich studierte, und bekam meine erste Tochter. Als sie sechs Monate alt war, besuchte ich mit ihr meine Großmutter in *Port Harcourt*. Sie lebte damals im Haus meiner jüngsten Tante. Zufällig traf ich dort auch den Sohn meiner Tante Ruth, mit dem ich aufgewachsen war. Er liebte meine jüngste Tante und wollte dort seine Ferien verbringen. Er war in meinem Alter und wir standen uns sehr nahe. Bei meinem Besuch waren wir sechs Cousinen im Haus und meine Großmutter. Es war stets ein großer Spaß, wenn wir alle zusammen waren. Am Ende meines Besuchs bat mich mein Cousin, meine Rückreise nach *Ibadan* zu verschieben. Er wolle mir zeigen, dass er ein guter Koch sei und für uns alle ein schönes Reisgericht zubereiten. Es war köstlich. Er versprach, uns in *Ibadan* zu besuchen. Das wollte er schon längst tun aber, hatte bisher nie die Zeit dazu gefunden.

Lieber Vater, ein halbes Jahr nachdem wir zurück in *Ibadan* waren, erreichte mich eine weitere schreckliche Nachricht: Mein Cousin aus *Port Harcourt* war ertrunken. Er war in den Ferien nach *Nembe* gereist und war mit einigen seiner Cousinen zum Schwimmen an den Fluss gegangen. Er konnte schwimmen. Man erzählte mir, er habe um Hilfe gerufen, aber seine Begleiterinnen dachten, das sei einer seiner üblichen Scherze. Als sie realisierten, dass es kein Spaß war, war es bereits zu spät. Vermutlich hatte er Krämpfe oder etwas Ähnliches bekommen, keiner weiß es. Es war ein riesiger Schock für die ganze Familie. Ich fragte mich, ob es zu vermeiden gewesen wäre, wenn er uns in *Ibadan* besucht hätte, anstatt nach *Nembe* zu fahren. Meine Großmutter litt sehr unter dem Verlust ihrer Enkelkinder. Sie vermisste die Späße im Haus, sie liebten einander.

KAPITEL 2

Meine Mutter

*Sie hat ihre sieben Kinder allein erzogen,
einen Vater gab es nicht in der Familie –
sie hat die Bäckerei betrieben, ein Mann im
Haus wurde nicht vermisst.*

Lieber Vater,

weißt Du, was es bedeutet, mit Eltern aufzuwachsen? Wie war Deine Kindheit? War die von meiner Mutter oder Deine besser? Was weißt Du über meine Mutter, viel oder wenig? Wusstest Du, dass sie in einem Abschnitt ihrer Kindheit auch ohne Vater aufwuchs? Hat es Dir etwas bedeutet, als ich Dir schrieb, dass meine Mutter gestorben war?

Es gibt in Nigeria keine offiziellen Heime für Waisenkinder wie mich. Falls doch, bin ich sicher, dass ich es bevorzugt hätte, in einer solchen Einrichtung zu leben. Hätte ich dann dieselben guten Erfahrungen gemacht wie im Internat? Hättest Du dann nach mir geschaut? Ich bezweifle es. Du wolltest lediglich Deine Familie schützen, die katholische Familie, die nicht in einem schlechten Licht erscheinen sollte.

Lieber Vater, wusstest Du, dass meine Mutter die erste von vier Töchtern war? Ihre Mutter zog alle vier allein groß. Ihr Vater war Beamter in *Kano* im Norden von Nigeria. Er war Sekretär bei den Kolonialherren. Meine Großmutter erzählte mir, dass sie ihre Kleider aus dem Ausland beziehen konnte. Meine Mutter hatte ein gutes Leben, als sie Kinder waren. Das Leben wurde schwieriger für sie, als ihr Vater krank wurde und später starb. Ihre Mutter kämpfte hart, um die Kinder zur Schule schicken zu können. Sie verkaufte ihr Gold und ihren Schmuck, baute ein Haus und eröffnete eine Bäckerei.

Hast Du all das gewusst? Hat sie Dir erzählt, dass sie einst glücklich verheiratet war? Hat sie früher geheiratet, damit die Dinge für ihre Mutter leichter würden?

Auf der Insel von *Nembe*, wo wir alle aufgewachsen sind und wo wir herkommen, gibt es viele alleinstehende Mütter. Es gab kaum Jobs und diejenigen, die zur Schule gingen wie meine Tanten, wurden Lehrerin oder Krankenschwester oder blieben schlicht Hausfrau und betrieben Kleinhandel. Die Männer gingen in die größeren Städte wie die Provinzhauptstadt *Port Harcourt* und suchten nach Jobs. Einmal im Monat kamen sie, um nach ihren Familien zu sehen. Zurück in der Stadt gründeten sie dann neue Familien. Es war nicht ungewöhnlich, Kinder aus solchen Familien zu sehen, in denen es keinen erwachsenen Mann gab. Die Frauen hatten keine andere Wahl, als hart zu arbeiten, um ihre Kinder zu ernähren und später zur Schule zu schicken.

Lieber Vater, wusstest Du, dass meine Mutter mit mir schwanger war? Oder hat meine Mutter Dir geschrieben, um Dich über meine Geburt zu informieren? Oder war das der Grund dafür, dass Du kurz nach *Nembe* kamst, als ich vier oder fünf Jahre alt war? Wusstest Du, dass das Dein letzter Besuch sein würde? Hast Du meine älteren Geschwister getroffen, als Du mich in *Nembe* besuchtest? Wann hattest Du das letzte Mal Kontakt mit meiner Mutter?

Meine Mutter hatte sieben Kinder. Sie liebte Kinder und arbeitete hart, uns großzuziehen. Weißt Du, dass sie mit all den Kindern allein gelassen wurde? Warum hast Du nicht versucht, ihr zu helfen?

Als meine Großmutter die Bäckerei nicht mehr länger führen konnte, hat meine Mutter sie übernommen. Es war sehr viel Arbeit für sie. Ich habe ihr auch geholfen, wenn ich von der Schule zurückkam. Sie half mir bei den Hausaufgaben und ich erinnere mich, wie sie mir die Ohren lang zog, wenn ich Mathematik nicht verstand. In der Schule habe ich Mathematik nicht gemocht, aber ich hatte keine Wahl, ich konnte dem nicht entkommen. Damals taten viele Lehrer nichts, um die Schüler zu motivieren. Wenn wir Tests nicht bestanden haben, haben sie uns lieber geschlagen. Manche Kinder haben das nicht ertragen. Sie sind weggelaufen und kamen nicht mehr zurück. Ihre Eltern konnten sie nicht zwingen, zur Schule zurückzugehen.

Ich half meiner Mutter bei der Arbeit mit der Bäckerei. Sie lieferte Brot in das Internat in *Nembe* und ich hatte es auf dem Kopf, in einem großen Behälter, dorthin zu transportieren. Dafür habe ich als Belohnung Taschengeld bekommen. Die Familie meiner Großmutter war sehr beliebt in *Nembe* wegen des Brotes. Sie war auch deshalb angesehen, weil alle Kinder zur Schule geschickt wurden und andere ermutigt wurden, dasselbe zu tun. Das Haus war stets voll mit Kindern aus anderen Familien, die einen guten Umgang für ihre Kinder wünschten. Meine Großmutter war ein Rollenmodell mit guten Verbindungen zur anglikanischen Kirche, ihr Bruder war Pastor.

Meine Mutter war eine gute Mutter. Immer wenn ich von der Schule kam, war das Essen fertig, und in der Schule hatte ich stets Geld für Kleinigkeiten dabei. Es ist lustig, meine Mutter hatte eine Bäckerei und ich konnte so viel Brot essen, wie ich wollte. Aber weißt Du was? Ich habe nie gerne Brot gegessen wie alle Kinder, das war nichts für mich und es ist immer noch nicht mein Essen.

Lieber Vater, erinnerst Du Dich an das Jahr, als ich in die Sekundarstufe kam? Du hattest ja meine Geburtsurkunde und kanntest sicher das Jahr meines Übertritts aber das hat dir wahrscheinlich nicht viel bedeutet, oder? Meine Mutter war sehr stolz auf mich, als sie meinen Namen unter den anderen in der Zeitung lesen konnte. Sie ging mit mir zum Shopping. Es war das erste Mal, es war eher wie ein Weihnachtseinkauf. Wir kauften Sandalen, Regenstiefel und Mäntel, alle Bücher und Schreibsachen, die ich brauchte. Wir gingen zu einem guten Schneider und ließen meine Schuluniformen machen. Ich bestand die übliche Aufnahmeprüfung in Klasse 7 der Sekundarstufe.

Sie fragte mich, ob ich die Klasse 6 der Grundschule überspringen und zur Klasse 7 der Mittelschule gehen wollte, ich sagte nein. Ein Jahr später war mir klar, dass die Prüfung obligatorisch war, und ich fühlte mich reif genug für die weiterführende Schule. Einige Eltern hatten ihre Kinder gedrängt, nach Klasse 5 in die Sekundarstufe zu gehen, aber meine Mutter wusste, dass ich dafür noch nicht reif genug war.

Lieber Vater, ich verlor meine Mutter vor dem Ende des Schuljahres. Ich kann meine Schmerzen nicht beschreiben. Sie erwartete ihr achtes Kind, es kam zu Komplikationen, die sie und das Kind nicht überlebten. Hätte sie an ein weiteres Baby gedacht, wenn sie meine Gedanken gelesen hätte? Ihre Mutter und ihre Geschwister hatten ihr erklärt, es sei nun genug nach sieben Kindern. Ich hasste den Vater des Babys. Hätte ich eine Waffe gehabt, so wäre ich heute vielleicht eine Mörderin. Es war das erste Mal in meinem Leben, dass ich einen solchen Hass fühlte. Es war wegen seiner bigotten Art. An Sonntagen trug er in der Kirche ein weißes Gewand, las die Verkündigungen, assistierte dem Pastor, eine Familie hatte er auch. Wie ich war auch er mit der Bibel groß geworden, daher war mir sein Verhalten völlig unverständlich und verwerflich. Ich hatte Vorahnungen, dass etwas Schlimmes passieren würde.

Meine Geschwister und ich waren traumatisiert. Man wünscht niemandem so ein Gefühl. Meine beiden älteren Schwestern lebten im Internat, mein Bruder, der einen anderen Vater hatte, lebte bei der Mutter seines Vaters und ich lebte mit meinen beiden jüngeren Schwestern im Haus meiner Großmutter. Sie war ebenfalls sehr betroffen vom Tod meiner Mutter. Es war niemand da, der die Bäckerei verantwortungsvoll führen konnte, es war ein Haufen Arbeit. Ihre drei anderen Töchter, meine Tanten, waren Lehrerinnen oder Krankenschwestern.

Lieber Vater, das war die Stelle, an der Du in meinem Leben nützlich gewesen und gebraucht worden wärst. Hättest Du Dich nicht wenigstens zu Weihnachten an mich erinnern können?

In der Tradition in *Nembe* wurden Männer von den Frauen nicht gezwungen oder gebeten, sich um ihre Kinder zu kümmern. Sie taten es entweder freiwillig oder haben alles den Frauen überlassen. Das war auch der Grund, warum die Schwestern meiner Mutter sich nicht an Dich gewandt haben, um Dir zu erklären, dass Du Geld zu schicken hättest für die Erziehung Deiner Tochter. In der *Nembe*-Tradition gehören Kinder der Mutter, da gibt es nichts zu diskutieren. Die Kinder können ihre Väter besuchen, wenn sie wollen oder wenn sie sich in deren Familien willkommen fühlen.

Lieber Vater, wie ist das in Deiner Kultur? Gehörten die Kinder zu den Männern? Als meine Mutter starb, wurden alle ihre Kinder getrennt. Ich ging nach *Port Harcourt* zu meiner Tante mit vier Kindern, meine beiden jüngeren Schwestern wurden zu ihrem Vater geschickt, der sie auch vorher schon einmal im Monat gesehen hatte. Mein Bruder blieb im Haus seines Vaters und meine älteren Schwestern blieben weiterhin im Internat mit ein wenig Unterstützung der anderen Tanten und später auf der Basis von Stipendien und Ferienjobs.

Lieber Vater, hast Du gewusst, wie viele Kinder meine Mutter schon hatte, als Du sie trafst? Meine Mutter hatte drei Mädchen aus ihrer ersten und einzigen Ehe. Ihr Mann schickte sie mit ihren Kindern aus der Stadt *Port Harcourt* nach Hause zu ihrer Mutter nach *Nembe* und hat später eine neue Familie gegründet. Meine Mutter wurde von ihrer Mutter beim Aufziehen der Kinder unterstützt. Ein paar Jahre später lernte sie den Vater meines Bruders kennen. Sie hatte bereits Jungen geboren, aber keines der Kinder überlebte. Aus Angst, dass auch er sterben könnte, schickte sie meinen Bruder zu seinem Vater, und dessen Mutter zog ihn groß. Als er größer wurde, hat er uns oft im Haus meiner Großmutter besucht. Ich brauchte einige Zeit, bis ich begriff, dass er mein Bruder war. Als unsere Mutter starb, war er ebenfalls sehr betroffen, er blieb im Haus seines Vaters.

Meine drei älteren Schwestern im Internat kamen gut voran. Die Ältere bekam nach der Schule einen Job, die zweite ein Stipendium für die Uni und der dritten wurde von meiner jüngsten Tante die Schule gesponsert.

Lieber Vater, als Du meine Mutter verlassen hattest, hat sie mich und noch zwei Mädchen geboren. Als sie starb, war meine jüngste Schwester ungefähr zwei Jahre alt. Sie wurde zu einer Halbschwester meiner Mutter geschickt, die andere zu ihrem Vater und ich wurde von meiner Tante in *Port Harcourt* genommen.

Meine Tante war mir nicht fremd, ihre Kinder waren zu mir wie Schwestern, wir standen uns sehr nahe. Aber ich wusste, dass ich kein leichtes Leben haben würde, ich hatte schon vorher bei ihr für ein Jahr in *Port Harcourt* gelebt, wo der schulische Bildungsstandard höher war. Meine Mutter wollte, dass ich einen hohen Abschluss machte für den Eintritt in die Sekundarschule. Deshalb hatte sie mich für das Jahr zu meiner Tante geschickt.

Ich merkte damals auch, dass ich nicht gleichbehandelt wurde wie ihre Kinder. Als ich aus den Sandalen herausgewachsen war, sah sie zu, wie ich barfuß zur Schule ging, und das war ziemlich weit jeden Tag. Ich bekam auch kein Taschengeld, um mir in der Schule eine Kleinigkeit zu kaufen. Mein einziges Geld war das Wechselgeld von den Einkäufen vom Markt, das ich mir beiseitelegte, wenn sie vergaß, danach zu fragen.

Lieber Vater, wie fühlst Du Dich, wenn Du die Geschichten hörst, die ich Dir erzähle? Ein paar Monate bevor meine Mutter starb, sagte sie zu mir, ich würde leiden, wenn ihr etwas zustoßen würde, denn ich sei die Einzige ohne Vater. Ich kann nicht sagen, wer von uns am meisten zu leiden hatte. Meine jüngere Schwester, die zu ihrem Vater geschickt worden war, rannte weg von zu Hause. Ihre Stiefmutter verlangte von ihr, dass sie die Windeln ihres Babys wusch und gab ihr mehr Aufgaben, als sie schaffen konnte. Sie lief eine Stunde, bis sie das Haus von Tante Ruth erreichte, in dem ich lebte. Glücklicherweise schickte Tante Ruth sie nicht zurück. Sie blieb zwei bis drei Jahre. Danach schloss sie sich meiner ältesten Schwester an, die schon eine Arbeitsstelle hatte.

Was mir und meinen anderen Schwestern am meisten wehtat, war die Misshandlung unserer jüngsten Schwester durch unsere „Halbtante" (Stieftochter meiner Oma). Sie behandelte ihre Enkelkinder wie Prinzen und Prinzessinnen und misshandelte ein elternloses Kind von kaum drei Jahren. Jedes Mal, wenn ich daran denke, werde ich tieftraurig, nicht weil sie eine von uns war, sondern ein kleines Kind, das keine Mutter hatte. Die Kleine erzählte einer meiner älteren Schwestern, dass unsere

„Halbtante" ihr Peperoni in die Augen und zwischen die Beine gerieben hat. Meine Schwester ging zu ihr, beschimpfte sie und brachte die Kleine auch zu meiner Tante Ruth und mir. Für meine Tante war das kein leichter Job, sie hatte die Hände voll zu tun. Sie versuchte, uns in jeder Situation zu helfen, obwohl sie uns mit harter Hand anfasste, ich vermute, weil sie nicht glücklich in ihrer Beziehung war. Meine Großmutter hatte vier Töchter. Sie erzählte mir, dass die erste (meine Mutter) und die letzte die Engel waren, die anderen waren wie der Vater, er war ein kleiner und böser Mann.

Als ich noch ein kleines Kind war, wurde meiner Mutter von ihrem Cousin seine dreizehnjährige Tochter gebracht, obwohl sie schon 6 Kinder hatte. Meine Mutter hat sie von Anfang an wie ihre eigene Tochter aufgenommen und sie war glücklich im Haus. Sie lebte vorher in einem kleinen Dorf bei *Nembe*, in dem es keine Schule gab. Meine Mutter meldete sie in der Schule in *Nembe* an und behandelte sie wie eine eigene Tochter. Ich war ihr sehr nahe. Sie nahm mich überall hin mit, sie war wie eine zweite Mutter zu mir. Als sie die Sekundarstufe beendet hatte, wurde sie schwanger. Meine Mutter besorgte alles, was sie brauchte, schickte sie wieder zur Schule und sie bekam nach einem Jahr erneut ein Kind. Meine Mutter sorgte für sie und ihre Babys. Als meine Mutter realisierte, dass sie nicht bereit war, weiter zur Schule zu gehen, sagte sie ihr, sie solle ihre Sachen packen und zu den Eltern ihres Freundes gehen. Ich erinnere mich, wie ich weinte: „Geh nicht, hör nicht auf meine Mutter!", aber sie musste gehen. Ich durfte sie manchmal besuchen.

Ich hatte auch erwartet, dass meine Tante Ruth mich genau so behandeln würde, wie meine Mutter das Mädchen aufgenommen hatte.

Meine Großmutter war nach dem Tod meiner Mutter ebenfalls traumatisiert und hilflos. Die Dinge waren nicht mehr so wie früher. Die Bäckerei war die einzige Geldquelle im Haus gewesen. Als diese nicht mehr länger existierte, wurde sie von ihren anderen Töchtern finanziell unterstützt. Du weißt, so ist das in Nigeria. Wenn man keinen Regierungsjob hat oder selbständig in den Ruhestand geht, übernehmen die Kinder die Verantwortung. Kein Elternteil wird hungrig zurückgelassen.

Ein afrikanisches Sprichwort sagt: „Wenn deine Eltern auf dich aufgepasst haben, als du deine Zähne bekamst, sollst du auch auf sie aufpassen, wenn sie ihre Zähne verlieren."

Lieber Vater, an diesem Punkt nahm meine Tante mich mit nach *Port Harcourt,* wo sie als Krankenschwester arbeitete. Ich verließ das Haus meiner Großmutter, sie hatte noch ein paar meiner Cousinen und Kinder aus anderen Familien. Im Laufe der Zeit wurden diese auch groß und gingen zu Schulen in den Städten und einige gingen auch zurück zu ihren Familien. Meine Großmutter zog ebenfalls nach *Port Harcourt* zu ihrer Cousine und später zu ihrer Tochter, wo auch ich lebte.

Wenn meine Mutter noch gelebt hätte, hätte es kein zweites Treffen mit Dir gegeben. Ich habe nie das Fehlen eines Vaters gespürt, so wie auch Du ohne mich in Deinem Leben zufrieden warst.

KAPITEL 3

Meine Aufnahme an der *University of Ibadan*

Niemand (auch ich nicht) glaubte daran, dass ich einen Platz in Nigerias ältester und bester Universität bekommen würde – ich schaffte es, alle Hindernisse aus dem Weg zu räumen.

Lieber Vater,

wenn ich bei Dir gewesen wäre, hätte ich dann meine Prüfungen ohne die Mühen und die vielen Kämpfe bestanden? Hätte ich dann auch in *Benin City* studiert wie Dein Sohn? Hat er *Benin* gewählt, weil Du ursprünglich aus *Benin* stammst? War es deswegen einfacher, weil ja jeder weiß, dass Dein Familienname ein Name aus *Benin* oder *Edo* ist?

Als ich in die *University of Ibadan* aufgenommen wurde, war es einer der glücklichsten Tage in meinem Leben. Aber ich konnte mein Glück gar nicht richtig zeigen. Ich konnte nicht glauben, dass ich in eine Uni von so hohem Standard aufgenommen worden war. Es war wie ein Traum. Ich hatte eine Menge Dinge überwunden, um bis zu diesem Punkt zu gelangen. Es ist schwierig für mich auszudrücken, wie es in meinem Inneren aussah.

Ein afrikanisches Sprichwort sagt: „Wenn ein Berg auf deinem Weg steht, setz dich nicht an den Fuß des Berges und weine – steh auf und klettere über ihn."

Das habe ich gemacht. Es war der Beginn meiner Reise.

Der Dozent mit der Liste der Studenten in der Hand sah mich an und fragte: „Was kann dich erfreuen?" Er hatte andere Studenten bis zur Decke springen sehen, wenn sie ihren Namen auf der Liste sahen, deshalb wunderte er sich über mein Verhalten. Ich habe auch gar nicht auf seine Frage reagiert. Es war etwa wie das Brechen einer harten Nussschale oder das Durchschreiten einer offenen Tür von Möglichkeiten.

Lieber Vater, was ich ursprünglich studieren wollte, war Theaterwissenschaft (*Theatre Art*). Die meisten Eltern hassten dieses Fach. Wärst Du auch gegen dieses Fach gewesen?

Zu dieser Zeit wurden Schüler, die keinen besonders guten Abschluss gemacht hatten, zu jenen Fachbereichen an der Uni geschickt, in denen es weniger Studenten gab. Aufgrund meiner nicht so guten Ergebnisse wurde ich zur „Sonderpädagogik" (*Special Education*) geschickt. Ich hätte hier die Blindenschrift gelernt. Ich wurde aber wegen Überfüllung von dort zum Fachbereich „Erziehungswissenschaft" (*Educational Management*) geschickt. Ich war nicht begeistert davon, aber hatte keine andere Wahl. Ich konnte damit Lehrerin werden oder in die Schulverwaltung gehen. Es war okay, aber ich fürchtete das Fach Statistik, also wieder Mathematik. In der Sekundarstufe waren meine Lieblingsfächer Literatur, Geschichte und Religion gewesen. Ich wiederholte an der Uni die mathematischen Fächer jedes Jahr und am Ende bestand ich sogar mit „gut".

Lieber Vater, im vierten und letzten Jahr meines Studiums heiratete ich einen Dozenten. Er war nicht von meiner Fakultät. Ich wusste zunächst nicht einmal, dass er Dozent war. Die *University of Ibadan* ist eine sehr große Einrichtung, und man kann nicht jeden aus dem Lehrkörper kennen. Auf dem Weg zu einer meiner Vorlesungen hielt ein Mann auf einem Fahrrad neben mir und grüßte mich. Ich realisierte, dass er einer der Dozenten war. Er war der Einzige, der Fahrrad fuhr, das fand ich sehr sympathisch.

Andere Studentinnen sprachen nur von Männern mit großen Autos, für mich war der Grad der Bildung bedeutender. Viele Leute sagten, Dozenten würden nicht viel verdienen. Ich sagte ihnen, das wäre für mich nicht so wichtig. Ich würde ja nach meinem Abschluss ebenfalls arbeiten und Geld verdienen und könnte anderen in Not helfen.

Lieber Vater, hättest Du auch gewünscht, dass ich durch meine Heirat zu Geld gekommen wäre? Hätte ich Dich enttäuscht mit einem Dozenten als Mann?

Nach meinem Abschluss in Erziehungswissenschaft ging ich zurück zu meinem Master-Studium in Personalverwaltung, um einen besseren Job in der Zukunft zu bekommen. Nach meinem Studium nahm ich die Stelle der Universität als Verwaltungsbeamtin an. Es war sehr angenehm, auf dem Campus zu leben und zu arbeiten. Für die Kinder der Mitarbeiter gibt es Kindergarten, Grundschule und Sekundarschule. Ich habe drei Kinder. Sie gingen alle auf dem Campus zur Schule.

KAPITEL 4

Meine Familie

Ich bin mit meinen Kindern zufrieden und sehr glücklich in Deutschland angekommen.

Tina mit Kindern an der Uni von Ibadan, 2000

Tina und Kinder nach dem Kirchgang an der Uni von Ibadan, 2004

Lieber Vater,

meine erste Ehe dauerte vierzehn Jahre. Wir erkannten, dass wir unterschiedliche Träume hatten. So entschlossen wir uns zur Trennung. Es war keine einfache Entscheidung. Fast alle meine Freundinnen wendeten sich von mir ab, ihre Männer wollten nicht, dass sie noch etwas mit mir zu tun hatten. Ich war wirklich enttäuscht, aber nicht überrascht, sogar Jesus wurde ja von einem seiner Jünger verleugnet. Einige der Frauen hatten oft Streit mit ihren Männern gehabt, und dann war ich diejenige gewesen, die mit ihnen sprach und versuchte, den Streit zu schlichten. Ich ging damit ein großes Risiko ein. Bei manchen dieser Versuche flogen Flaschen über meinen Kopf. Diejenigen, die hinter mir standen, waren die deutlich älteren Freundinnen. Sie ermutigten mich, meinen Weg zu gehen, denn sie kannten den Typ Mann, mit dem ich verheiratet war.

Lieber Vater, hättest Du dich auch von mir abgewandt?

Weißt Du auch, dass Gottes Plan der beste ist? Ich nehme das Leben, wie es kommt. Man kann nicht alles planen.

Lieber Vater, ich bin sehr froh und stolz, dass ich Dir erzählen kann, dass ich wieder verheiratet bin, mit einem wunderbaren Mann, er heißt Manfred. Er ist Deutscher und kommt aus Trier, das ist nahe der Grenze zu Luxemburg. Es war Gottes Wille, dass wir uns trafen und noch immer verheiratet sind. Er ist nicht nur mir ein guter Ehemann, sondern auch den Kindern ein guter Vater. Er kümmert sich um sie, und sie mögen ihn sehr.

Sechs Jahre lang war er Lehrer an der Deutschen Schule in *Lagos*. Wir haben uns kennengelernt durch einen seiner Freunde, der vorher schon meinen Ex-Mann kannte. Wir beide hätten niemandem geglaubt, der uns erzählt hätte, dass wir einmal heiraten würden. Das gehört zu den Dingen, die man nicht planen kann. Er war schon lange von seiner ersten Frau geschieden, bevor er nach Nigeria kam. Einige Jahre zog er seine Kinder allein auf, was kein Nigerianer getan hätte, besonders keiner aus *Nembe*. Mein Mann und ich sind füreinander gemacht. Er hatte einen Vertrag für sechs Jahre in Nigeria, danach musste er nach Deutschland zurückkehren. Wir hielten Kontakt und nach ein paar Jahren besuchte er uns in Nigeria. Zu dieser Zeit besorgte ich meine Papiere für ein Programm in *Kanada* für Hoch-Ausgebildete. Ich war bereit, Nigeria mit meinen Kindern zu verlassen. Ich wusste, was ich brauchte, war Glück und Zufriedenheit in meinem Leben, ein sauberes Land frei von Korruption, ein Land, wo

Frauen ohne Angst allein leben können, ein Land, wo Menschen am Ende ihres Monats ihr wohlverdientes Geld bekommen, ein Land mit Strom und Wasser und grundlegenden Annehmlichkeiten. Ich hatte hart gekämpft und studiert für ein besseres Leben.

Lieber Vater, weißt Du, dass Gott am besten weiß, warum die Dinge so passieren, wie sie passieren? Manfred und ich haben uns verliebt, wir haben beschlossen zu heiraten, und wir sind es bis heute. Er tat alles dafür, dass die Kinder nach Deutschland nachkommen konnten, und sie sind sehr froh darüber. Es war nicht leicht, aber Gott hat uns begleitet. Wir mussten die Sprache lernen. Mit seiner Erfahrung und Hilfe als Lehrer ging alles schneller. In der Schule wurden die Kinder von ihren Lehrern gemocht und anerkannt. Sie haben hart in der Schule gearbeitet und Ferienjobs angenommen und die Aufnahme in die Universität geschafft. Man kann stolz auf sie sein.

Lieber Vater, Dir ist sicher auch die Tatsache bekannt, dass faule und verwöhnte Kinder mehr zu leiden haben, wenn sie ihre Mutter verlieren. Kein Verwandter möchte solche Kinder aufnehmen. Ich habe meine Kinder so erzogen, dass sie für sich selbst sorgen können, wenn mir etwas zustoßen sollte. Mein Mann hat meinen Erziehungsstil nicht immer gleich verstanden, er fand manchmal, dass ich zu hart mit den Kindern umging. Heute finden wir, dass sie sehr fleißige und selbstverantwortlich handelnde junge Menschen sind.

Unsere Älteste machte eine Ausbildung als Zahnarzthelferin und arbeitete auch in ihrem Beruf. Sie mochte ihn aber nicht sehr. Sie ist mit einem Amerikaner verheiratet, lebt mit ihm in *Alabama* und beide arbeiten bei einem Flugunternehmen.

Unser Sohn hat eine Ausbildung als Drucker gemacht, womit er nicht zufrieden war, er wollte studieren. Er machte seine Abiturprüfung und studiert nun *Business International Communication* an einer Universität in den Niederlanden.

Unsere jüngste Tochter studiert *Economy*, ebenfalls in den Niederlanden.

In den Ferien kommen sie zu uns nach Hause. Lieber Vater, Du wärst sicher stolz auf sie, wenn Du sie sehen würdest.

Manfred, Tina und Kinder in Deutschland, 2007

Manfred, Tina und Kinder im Urlaub in London, 2010

KAPITEL 5

Mein ursprünglicher Plan: Kanada

Um Nigeria verlassen zu können, hatte ich mich in Kanada beworben für das *Federal Skilled Worker Program* – dazu musste ich in Ghana meine Papiere an der kanadischen Botschaft einreichen.

Lieber Vater,

ich habe viel Zeit und Geld in meinen Plan investiert, nach Kanada zu gehen. Auch bin ich das große Risiko eingegangen, nach Ghana zu reisen, um dort an der kanadischen Botschaft meine Papiere einzureichen. Alle meine Dokumente mussten dort hinterlegt werden. In Nigeria zu reisen hasste ich wegen der miserablen Straßen und der Gefahr, ausgeraubt zu werden. Deshalb hatte ich geplant, den Trip mit einem früheren Kollegen zu machen, der ursprünglich aus Ghana kam. Er reiste oft nach Ghana, um seine Familie zu sehen. An dem Tag, an dem wir reisen wollten, ging ich in mein Büro und log, ich sei krank und müsse zum Arzt. Dann ging ich ins Büro meines Reisepartners, denn nun konnten wir starten.

Rate mal, was passierte – ich konnte ihn nirgends finden. Man sagte mir, er sei an diesem Tag nicht zur Arbeit erschienen. Da mich nichts und niemand von meinem Plan abhalten konnte, mietete ich sofort einen Wagen nach *Lagos*. Dort am frühen Nachmittag angekommen, hatte ich vor, zusammen mit anderen Fahrgästen einen Wagen nach *Accra* zu mieten. Ich hatte großes Glück. Ich bekam den letzten Sitz im letzten Auto, das an diesem Tag noch nach Ghana fuhr.

Es wurde die längste Autoreise, die ich je gemacht habe, ein Vierundzwanzig-Stunden-Trip. Wir fuhren durch *Cotonou (Benin Republic)* und *Togo,* überall Checkpoints, Kontrolle der Papiere und

Inspektion des Autos, wie es offiziell hieß, mit richtigen oder falschen Polizisten oder mit Soldaten. Wer auch immer es war, allen gemeinsam war der Versuch, Geld von den Reisenden zu erbetteln oder zu erzwingen, nicht nur bei Grenzübertritten. In Nigeria wurde es kaum geleugnet und von den Betroffenen gerne zugegeben, dass der Staat monatelang kein Geld hatte, seine Beamten zu bezahlen. Die Schwächsten waren dabei Polizisten, Lehrer, Justizbeamte, Armeeangehörige und Mitarbeiter an den Universitäten. So gab es ein ständiges Piratentum auf den Straßen und auch in offiziellen staatlichen Stellen, beispielsweise in der Post oder in Ämtern, für notwendige Papiere. Es ist sehr schwierig, gegen Korruption zu kämpfen, weil viele in diesem Netz gefangen sind.

Nach acht Stunden Fahrt platzte ein Reifen, der ersetzt werden musste, nach weiteren zwei Stunden brannte ein Kabel unter der Motorhaube, weil der Fahrer einen Lappen dort vergessen hatte, der dann überhitzt war. Er musste in *Togo* ein neues Kabel besorgen. Er wusste wo und kannte den Weg, leider war kein Laden mehr offen.

Lieber Vater, rate mal, was unser nächstes Problem war – um Mitternacht kamen wir an die Grenze zwischen *Togo* und *Ghana*. Die Grenze war nicht geöffnet. Der Fahrer erklärte uns, es sei nicht ratsam, viel Geld bei uns zu tragen wegen der Gefahr, beraubt zu werden. Ich hatte mehr als fünfhundert US-Dollar in nigerianischer Währung bei mir. Das war ein Teil der Gebühren für die kanadische Botschaft. Der Fahrer nahm das Geld aller Passagiere an sich. Ich war gespannt, ob ich mein Geld wiedersehen würde.

Alle Passagiere und der Fahrer verbrachten die Nacht im Auto, Moskitos haben uns zugesetzt, einer der Reisenden machte Scherze über die kostenlose, aber riskante Übernachtung. Am nächsten Morgen reisten wir endlich in Ghana ein, auch unser Geld bekamen wir zurück. Ich hatte das Glück, dass ein junger Mann im Auto war, der dieselbe Mission hatte wie ich. Daher entschlossen wir uns, zusammen zur kanadischen Botschaft zu gehen. Vorher wollte ich duschen. Er fand das unnötig, aber ich insistierte. Ich hatte an eine Dusche in einem Hotelzimmer gedacht, aber er sagte, ich solle mein Geld sparen und in ein öffentliches Bad gehen. Ich hatte gar nicht gewusst, dass es so etwas gibt. Er wartete auf mich, denn, nach unseren Erledigungen in der kanadischen Botschaft, könnten wir zusammen zurück nach Nigeria fahren. Ich dachte, das sei nicht möglich und außerdem in der Nacht zu gefährlich, wegen möglicher Ausraubung bei Dunkelheit, auf schlechten Straßen, mit zahlreichen Schlaglöchern. Ich zahlte also meinen Eintritt und ging ins Bad. So konnte ich dann frisch geduscht zur Botschaft gehen.

Lieber Vater, rate noch mal was passierte – die kanadische Botschaft war geschlossen. In Ghana war ein öffentlicher Feiertag. Wir erklärten einem Sicherheitsbeamten am Tor unser Anliegen und dass wir direkt aus Nigeria angereist waren. Er ließ uns rein, und durch ein Fenster wandte sich eine Frau an uns. Sie nahm freundlicherweise unsere Papiere entgegen und überflog sie. Der junge Mann hatte nicht alle notwendigen Dokumente dabei, er bekam deshalb seine Papiere zurück. Ich durfte meine Zahlung machen. Die musste in US-Dollar erfolgen, und ich hatte nur nigerianische Naira dabei. Die akzeptierte die Beamtin nicht. Stattdessen beschrieb sie mir den Weg zur Bank. Sie war vorsorglich undwarnte mich. Heute sei Feiertag und in Kürze sei die Botschaft zu. Ein Taxi brachte mich zur Bank, die aber noch nicht geöffnet hatte. Viele Kunden warteten bereits davor. Ich ging zum Sicherheitsbeamten und erklärte ihm meine Situation. Er schaute mich bedauernd an und fragte: „Sollen wir für dich Extra-Öffnungszeiten machen, nur weil du von Nigeria kommst?" Ich war peinlich berührt und merkte, wie verzweifelt ich war. Als die Bank öffnete, lief ich sofort zum Schalter und musste mir zweimal sagen lassen, dass ich noch nicht dran war. Als ich danach per Taxi zurück zur Botschaft gefahren war und meine fünfhundert US-Dollar gezahlt hatte, bekam ich keine Quittung dafür. Die Frau am Fenster war nett und hilfsbereit, aber sie war nicht befugt, eine Bescheinigung auszustellen. Für mich war das nicht so wichtig, dachte ich. Was für mich zählte, war, dass ich meine Dokumente eingereicht hatte.

Danach gingen der junge Mann und ich zum Autopark und mieteten zwei Plätze in einem Wagen nach Nigeria. Vor dem Einsteigen kaufte ich noch ein paar Snacks und wollte den Preis verhandeln, wie in Nigeria üblich. Die Verkäuferin schaute mich irritiert an: „Du bist hier nicht in Nigeria." Sie wollte offenbar zum Ausdruck bringen, dass man hier nicht betrogen wird. Mitten in der Nacht kamen wir in Nigeria an. Der junge Mann lud mich ein, mit zu seiner Schwester zu kommen und am nächsten Tag nach Hause zu fahren, ein nettes Angebot. Ich hatte auch kaum eine andere Wahl. Ich war sogar zu müde, um zu essen, ich schlief in meinen Kleidern ein und fuhr am nächsten Tag nach *Ibadan*.

Ich war glücklich, meine Kinder zu sehen, und fragte mich, was wäre, wenn etwas passiert wäre? Ich bin Gott dankbar, dass ich heil zurückgekommen bin. Als ich zurück zur Arbeit ging, sprach ich meinen Ex-Kollegen darauf an, warum er mich im Stich gelassen hatte. Er konnte darauf keine glaubhafte Antwort geben, aber das war mir auch egal. Er war für mich von da an ein Idiot, und ich war froh, dass ich den Trip ohne ihn gemacht hatte.

Die weitere Bearbeitung für mein *Highly Skilled Workers Program (Programm* für Hoch-Ausgebildete) wurde durch einen Rechtsanwalt in Kanada vorgenommen. Als ich ihm in einer E-Mail mitteilte, dass ich die Gebühr von fünfhundert US-Dollar bezahlt hätte, fragte er nach der Quittungsnummer. Ich erklärte ihm, meine Unterlagen seien am ghanaischen Unabhängigkeitstag in der Botschaft in *Accra* mit der Gebühr akzeptiert worden, worüber ich wegen des Feiertags aber keinen Beleg erhalten konnte. Das glaubte er mir nicht.

Wie viele Nichtafrikaner können Afrikanern und ihren Geschichten Glauben schenken?

Es dauerte vier Jahre, bis ich von der kanadischen Botschaft in *Accra* eine Nachfrage bekam, ob ich noch an der weiteren Bearbeitung meiner Papiere interessiert sei. Da war ich bereits in Deutschland. Der Brief wurde mir von Nigeria nachgeschickt, was etwa ein halbes Jahr dauerte. Die kanadische Botschaft bat um meine Bankverbindung für den Fall, dass ich meine Angelegenheit nicht weiter verfolgen wolle, um mir mein Geld rückerstatten zu können. Meine Bankverbindung teilte ich mit, habe aber bis heute kein Geld erhalten. Ich sehe das alles als einen derjenigen Verluste an, die man manchmal erlebt, in Afrika häufig. Ich bin glücklich, dass ich mit meiner Familie in Sicherheit bin. Geld ist wichtig, aber das Leben zählt mehr.

Lieber Vater, wäre ich gebeten worden, zwischen meinem Mann und Kanada zu wählen, wäre meine Entscheidung eindeutig gewesen. Ich wollte für meine Kinder und mich ein hoffnungsvolles Leben mit einem lieben Mann und Vater in einem wunderbaren und stabilen Zuhause. Heute sind wir eine glückliche Familie. Gott hat es möglich gemacht. Etwa ein Jahr nach meinem Umzug nach Deutschland konnten die Kinder nachkommen. Mein Mann war bereit, sie zu erziehen beziehungsweise sie zu verziehen, nämlich ihnen das Frühstück zu machen vor der Schule, sich um ihre Wäsche zu kümmern und so weiter. Ich erklärte ihm, dass sie das alles schon selber könnten.

Verzogene Kinder können nicht für sich selber sorgen, wenn sie älter werden. Ich habe sie nicht verwöhnt. Mein Mann erfüllt seine Rolle als guter Vater sehr gut, und ich bin eine gute Mutter.

Manfred und Tina in Indien, 2010

Manfred und Tina in Portugal, 2014

KAPITEL 6

Unser Zuhause in der neuen Heimat

In unserem Dorf sind wir sicher, glücklich und
sehr zufrieden.

Lieber Vater,

ich freue mich, Dir berichten zu können, dass wir jetzt Deutsche sind. Ich weiß nicht, wie das in Deinen Ohren klingt, aber Du stimmst mir vermutlich zu, wenn ich sage, zu Hause ist, wo man sich sicher fühlt und wo man zufrieden und glücklich ist. Wir alle sind hier froh und zufrieden. Wir leben in unserem Haus in einem Dorf. Die Dörfer in Deutschland sind nicht so wie die Dörfer in Afrika. Hier gibt es Strom, sauberes Trinkwasser aus der Leitung, täglich kontrolliert, gute Straßen und soziale Einrichtungen. In vielen Dörfern benutzt man ein Auto oder ein Fahrrad für den Weg zur Arbeit oder zum Supermarkt, die Kinder werden mit einem speziellen Schulbus abgeholt. Es gab niemals Schlangen an den Tankstellen, obwohl das Land nicht zur OPEC gehört.

Das Leben ist viel leichter als in Nigeria. Die Regierung kümmert sich um die Armen, nach dem Gesetz soll niemand hungrig oder ohne Wohnung sein. Es gibt Heime für Waisen und für Kinder, die aus diesem oder jenem Grunde in der Wohnung ihrer Eltern zu leiden haben. Sogar Hunde haben eine Bleibe, man kann sie gegen Geld in einem „Hundehotel" abgeben, wenn man eine Zeit lang nicht zu Hause sein kann.

Lieber Vater, ich bin sicher, auch ich hätte in einem solchen Heim gelebt, wenn es so etwas in Nigeria gegeben hätte. Studenten erhalten leicht eine Beihilfe für das Studium, wenn die

Eltern nicht reich sind, und stell Dir vor, sie müssen das Geld nur zur Hälfte zurückzahlen, ohne Zinsen und dafür haben sie zwanzig Jahre Zeit nach ihrem Studium. In den Ferien können sie leicht einen Nebenjob bekommen. Beschäftigte mit Kindern verdienen mehr, sie zahlen weniger Steuern und erhalten extra Kindergeld. Außerdem werden sie regulär und regelmäßig bezahlt.

Lieber Vater, Nigeria ist das größte und reichste Land an Menschen in Afrika, es produziert und exportiert Öl, es hat guten Boden für Landwirtschaft, Nigerianer haben genügend Potenzial und Talent. Warum kann die Regierung nicht für die Bürger ihres Landes sorgen? Wann werden sie endlich die Korruption zerstören? Mitglieder der vorigen und der jetzigen Regierung sind ständig in Europa und Amerika, dort studieren auch ihre Kinder, sie gehen in London und in den USA zum Arzt, kaufen dort Häuser für sich und ihre Freundinnen. Warum können sie nicht die guten Dinge nachmachen, die es dort gibt? Jobs für ihre Mitbürger und Mitbürgerinnen schaffen und die grundlegenden Annehmlichkeiten bereitstellen?

Schämen sie sich nicht, wenn sie sehen, wie schön alles sein kann? Und dass sie aus einem Land kommen, in dem nichts zufriedenstellend funktioniert? Sind sie nicht beschämt, dass hoch qualifizierte Nigerianer und Nigerianerinnen auf der Suche nach einem guten Leben das Land verlassen und dabei sogar auch lebensgefährliche Wege in Kauf nehmen?

KAPITEL 7

Meine Arbeitserfahrung

Von der Verwaltungsangestellten in der
Universität zur Erzieherin im Kindergarten

Lieber Vater,

als Angestellte der *University of Ibadan* habe ich für das Anmieten von Räumen für Veranstaltungen die Organisation gemacht. Ich habe Bewerbungsgespräche vorbereitet und das Protokoll geschrieben. Ich habe mit Professoren zusammengearbeitet beim Anmieten von Häusern auf dem Campus für Mitarbeiter und Mitarbeiterinnen. Ich hatte Briefe zu schreiben an pensionierte Mitarbeiter, die ihre Wohnung verlassen mussten. Dies fiel mir besonders schwer, weil in vielen Fällen die Pensionen noch nicht ausbezahlt worden waren und die Mitarbeiter spätestens drei Monate nach Dienstende ausgezogen sein sollten. Ich sprach darüber mit dem zuständigen Professor, und es wurde eine fairere Regel gefunden. Viele der Pensionäre zogen gegen die Universität vor Gericht, oder die Universität gegen die Pensionäre, wenn diese ihre Pension schon erhalten hatten, sich aber weigerten, auszuziehen. Ich hatte die Universität vor Gericht zu vertreten.

Lieber Vater, rate mal, was ich nun in Deutschland mache – ich bin Erzieherin in einem Kindergarten. Es war ein langer Weg, der mich endlich dahin brachte, wo ich jetzt bin. Erst musste ich die deutsche Sprache in einer Sprachenschule lernen. Danach hatte ich die Idee, in einem Altersheim zu arbeiten, und bewarb mich für eine Ausbildung. Als Praktikantin fing ich an. Der erste Arbeitstag war eine traurige Erfahrung für mich, ich hatte Tränen in den Augen. Die Menschen, die dort lebten, waren vorher stark und unabhängig, es war traurig, sie nun so hilflos zu sehen. In Nigeria gibt es keine Heime für alte Leute. Sie leben weiter in ihren Häusern oder in denen ihrer Kinder und bekommen Hilfe von ihren Verwandten, sie sind niemals allein.

Bevor ich mit der Ausbildung als Altenpflegerin beginnen konnte, nahm mich die Angestellte, die meine Papiere zu prüfen hatte, beiseite. Sie wolle mich nicht entmutigen, das Programm für die Altenbetreuung weiterzuverfolgen, wenn ich wirklich wollte, aber ich gehöre nicht dahin, meinte sie. Ich sei schon aufgrund meiner Ausbildung in Nigeria deutlich überqualifiziert für diese Arbeit, sie würde mir raten, in den Bereich Erziehung zu gehen. Ich habe trotzdem die dreimonatige Ausbildung zur Altenpflegerin beendet und die Prüfung bestanden.

Nach vielen erfolglosen Bewerbungen als Altenpflegerin wegen meiner mangelhaften Deutschkenntnisse habe ich mich entschieden, eine vollständige Ausbildung als Erzieherin zu machen. Mein Mann hat mich zu einem Gespräch in einer Schule für die Ausbildung von Erzieherinnen begleitet. Wir sprachen mit dem Leiter der Schule darüber, ob ich mich anmelden könnte. Er betrachtete mich lange, shaute sich meine Zeugnisse aus Nigeria genau an und fragte dann, warum ich in einer Klasse zusammen mit Anfängerinnen sitzen wolle. Er sei gut befreundet mit der Leiterin eines bilingualen Kindergartens, er könne sich gut vorstellen, dass ich mit einer Ausnahmegenehmigung des Kultusministeriums dort arbeiten kann.

Wenige Tage später bekam ich einen Termin für ein Vorstellungsgespräch und wurde eingestellt. Vier Jahre lang arbeitete ich als pädagogische Assistentin, die Kinder liebten mich und ihre ersten englischen Worte, und meine Kolleginnen und die Eltern der Kinder respektierten mich sehr. Ich hatte Zeit, mein Deutsch zu verbessern, machte nebenbei noch einen Kurs für pädagogische Früherziehung und bekam am Ende das Zeugnis für eine ordentliche Erzieherin und die Berechtigung, in jedem Kindergarten zu arbeiten.

Wenn Gott eine Tür schließt, öffnet er ein Fenster. Ich bin jetzt glücklich darüber, wie die Dinge sich entwickelt haben.

Lieber Vater, nur Gott weiß, warum Dinge geschehen, wie sie geschehen. Hätte ich nicht Erziehungswissenschaft studiert in Nigeria, wie wäre ich dann in Deutschland in die Abteilung „Unterricht" gekommen? Was hätte ich mit „Schauspiel" angefangen oder „Blindenschrift" ohne deutsche Muttersprache? Ich bin sehr froh, wie die Dinge sich entwickelt haben. In Nigeria haben die Leute mir häufig gesagt, ich sollte einen Kindergarten eröffnen, weil ich gut bin in der Betreuung von Menschen, besonders von Kindern. Als meine Kinder noch klein waren, wurde ich in Nigeria oft als Glucke bezeichnet, weil wir alles zusammen machten. Eine meiner Vorgesetzten sagte mir einmal, ich sollte wählen zwischen meiner Arbeit und meiner Familie, weil ich mich mehr um meine Kinder kümmerte als um meine Arbeit. Ein paar Jahre später sagte sie anerkennend: „Du bist eine gute Mutter." Darüber habe ich mich gefreut.

Lieber Vater, ich liebe Kinder. In den Straßen von *Port Harcourt* riefen die Kinder mich oft „meine Freundin", Kinder ziehen mich immer an. Ich möchte kein Kind so leiden oder misshandelt sehen, wie es seinerzeit mir und meinen Schwestern erging. Daher bin ich manchmal vielleicht zu sehr besorgt um ein Kind, so dass meine Kolleginnen mich kritisieren und sagen, dass ich zu sehr mit dem Herzen arbeite statt mit beruflicher Professionalität. Am Anfang war das nicht leicht, inzwischen ist es aber viel besser geworden.

Lieber Vater, ich habe Dir eine Menge von mir erzählt, würdest Du mir denn nun bitte auch von Dir und Deinen Kindern erzählen? Wie viele Enkelkinder hast Du? Sind Deine Kinder noch strenge Katholiken? Wo ist Dein ältester Sohn, der mich besuchte, als meine Cousine ihm von mir erzählt hatte? Was macht er heute? Ich bin sicher, dass wir noch Kontakt hätten, wenn es in den 1980ern E-Mails und Handys gegeben hätte. Glaubst Du, dass er gerne mit mir in Verbindung geblieben wäre?

Lieber Vater, ich konnte Dir all die Jahre nicht schreiben, weil ich zu beschäftigt war. Und in den Ferien sind wir viel gereist, mein Mann reist gerne. Ich habe so viele Länder gesehen, wie ich es mir vorher nie hatte vorstellen können. Nun konnte ich Dir schreiben, weil die Welt im Stillstand ist wegen des Corona-Virus. Die reichen Nigerianer können nicht ins Ausland fliegen für medizinische Betreuung, sie müssen in nigerianische Krankenhäuser gehen, alle sind gleich. Corona weiß nichts über Arm und Reich. Nur das Gesundheitspersonal arbeitet regulär, sehr hart, Tag und Nacht. Manchmal wundere ich mich darüber, wie es damit zurechtkommt. Die Lebensmittelgeschäfte sind offen, die Menschen müssen essen. Ich wünsche ihnen Glück und Gesundheit. Auch ich arbeite zu Hause online. Wir überarbeiten unsere pädagogische Konzeption, das bedeutet Studium von Papieren. Aber es ist nicht dasselbe wie die normale tägliche Arbeit. So habe ich zwischendurch Zeit, Dir diesen langen Brief zu schreiben.

Lieber Vater, mein Mann und ich waren in China, als das Corona-Virus ausbrach. Niemandem war klar, dass es bereits im Dezember 2019 begann, erst Ende Januar 2020 war das Virus Thema. Meine jüngste Tochter machte ihr vorgeschriebenes Auslandssemester in der Stadt *Suzhou* bei *Shanghai,* wir wollten sie besuchen. Für unsere Visa mussten wir unsere Tickets und unsere Hotelbuchung vorzeigen. Wir hatten unseren Antrag online gemacht, bis wir vier Tage vor unserem Flug bemerkten, dass wir Opfer einer betrügerischen Fake-Anzeige im Internet geworden waren. Unsere Bank konnte unsere Visa-Gebühren zurückholen, aber die Kosten für unsere „Tickets" waren verloren.

Das war im Oktober. Meine Chefin war so freundlich, meinen Urlaub auf Ende Dezember zu verlegen. Wir besorgten uns unsere Papiere nun für die Zeit der Weihnachtsfeiertage und bekamen unsere Visa durch eine Agentur, die mit der chinesischen Botschaft zusammenarbeitet. Mein Sohn wollte sich uns anschließen. Unsere Agentur erklärte ihm, sein Visum sei von der Botschaft verweigert worden, die Botschaft gebe niemals Erklärungen oder Begründungen ab. Er müsse selbst zur Botschaft gehen mit all seinen Unterlagen und Fingerabdrücke abgeben. Das tat er. Aber das Visum blieb ihm verweigert, ohne Begründung. Seine Kosten für Ticket und Gebühren bekam er nicht zurück. Er entschloss sich, über Weihnachten und Neujahr seine Schwester in den USA zu besuchen. Wir machten Urlaub in *Suzhou* und *Shanghai* und kamen am 6. Januar wieder zurück. Meine Tochter kam eine Woche später hier an, als ihr Semester zu Ende war. Da hatte sich das Virus in China bereits ausgebreitet. Zwei Wochen später waren alle Flugplätze geschlossen.

Lieber Vater, Gott hat uns gerettet, wir kamen alle gesund zurück.

Manfred und Tina 2020

KAPITEL 8

China

Ferienbesuch bei unserer Tochter im Auslandssemester

Lieber Vater,

warst Du schon einmal in China? Für uns war es ein ganz besonderes Erlebnis. Die ersten beiden Tage in *Suzhou* waren sehr anstrengend, weil wir uns mit niemandem unterhalten konnten wegen der Sprache. Wir konnten nur mit Zeichensprache kommunizieren, aber manchmal ohne Erfolg. Wegen meiner Hautfarbe wurde ich stets länger als mein Mann aufgehalten. Nach der Kontrolle wurden wir aufgefordert, eine neue SIM-Karte zu kaufen, um unser Handy zu bedienen. Als wir verstanden hatten, was von uns verlangt wurde, hinterließen wir unsere Fotos und Pass-Daten, auch unsere Aufenthaltsadresse. Ausgesprochen freundlich und kompetent installierte die Verkäuferin unser Telefon und wir konnten versuchen, unsere Tochter zu erreichen. Ein Mann hatte den ganzen Vorgang beobachtet und verstanden, wer wir waren. Er sprach kein Wort Englisch, war hektisch und unter Stress und erschien uns unfreundlich. Er hielt ein Papier mit unserem Namen in der Hand und zeigte uns auf seinem Handy eine Nachricht von unserer Tochter. Sie hatte ihn zum Flughafen geschickt. Er sollte uns abholen und in unser Quartier fahren.

Wir versuchten, unsere Tochter zu erreichen, um sicherzugehen, haben sie aber nicht erreicht. Unser Fahrer verlor die Geduld, er wollte losfahren. Auf unsere Fragen konnte er nicht reagieren – wie lange die Fahrt dauern würde und ob er schon bezahlt worden war. Wir riefen unsere Vermieterin an. Sie verwies uns an ihre Tochter, die ein wenig Englisch sprach. Wir haben zwar fast nichts verstanden, aber unser Fahrer konnte sich ab sofort auf Chinesisch informieren, und wir wussten am Ende immerhin, dass wir auf dem richtigen Weg waren.

Nach einer Stunde Fahrt gab es eine neue Aufregung: Unser Fahrer hielt an einer Tankstelle und verschwand. Nach Toilettengang und Zigarette fuhr er schweigend weiter. Wir waren immer noch beunruhigt, als uns auffiel, dass alle Taxis als solche gekennzeichnet waren, unseres aber nicht. Wir konnten unser Schicksal nur abwarten.

Beruhigung kehrte erst ein paar Minuten vor unserem Ziel ein, als unsere Tochter anrief, sie war gerade wach geworden. Der Wagen, den sie uns geschickt hatte, war vom Unternehmen Uber. Unser Fahrer setzte uns an unserem Ziel ab, zeigte uns mit ein paar Banknoten, was wir zu zahlen hatten, und entließ uns ohne Worte.

Lieber Vater, wir waren sehr froh, als wir endlich unser Apartment sicher erreicht hatten. Wir zeigten an der Rezeption des Hochhauses unsere Reservierung und fuhren in die 28. Etage, wo unsere Gastgeberin schon auf uns wartete. Bald danach erschien auch unsere Tochter. Sie kommunizierten miteinander, indem sie mit Google Translate chinesische Texte über ihre Handys austauschten. Das Apartment war vollständig und sauber, wir mussten nur noch lernen, mit Stäbchen zu essen.

Wir haben gut geschlafen. Am nächsten Morgen wurden wir durch eine Sirene geweckt und fanden an unserer Tür eine chinesische Notiz. Wir fotografierten sie und schickten sie unserer Tochter. So erfuhren wir, dass wir zwischen 10 und 13 Uhr das Gebäude nicht verlassen sollten wegen einer Feuersicherheitskontrolle. Im Falle eines tatsächlichen Feuers sollten wir nicht den Lift benutzen, sondern die Treppe. Wir haben die ganze Zeit an die achtundzwanzig Stockwerke gedacht.

Wenn wir einen Ort besuchen wollten, haben wir die Bilder in unserem Reiseführer vorgezeigt. Wir hatten inzwischen verstanden, dass wir nicht leicht verloren gehen oder gekidnappt werden konnten, wie wir anfangs verängstigt dachten. Überall überwachen nämlich Kameras Straßen und Gebäude.

Lieber Vater, wir wussten nicht, dass die Chinesen so nett sind. Wenn man nur die politischen Nachrichten aus dem Fernsehen kennt, entsteht ein völlig falscher Eindruck. Sie sind sympathisch und freundlich. Wir hatten an Silvester ein Zimmer bei einer chinesischen Familie in *Shanghai* gebucht. Am nächsten Tag wurden wir von der Gastgeberin zum Frühstück eingeladen. Sie sprach gutes Englisch. Wir saßen lange zusammen und hatten uns viel zu erzählen. Sie erklärte uns, dass die neue moderne Generation in der Regel Englisch in der Schule lernt und gerne Kontakt aufnimmt. Es war eine interessante und erfreuliche Erfahrung für uns, und wir fühlten, dass wir gerne noch mal zu Besuch kommen könnten.

Wir haben großes Glück gehabt mit unserem Rückflug, zwei Wochen später wurden die Flughäfen wegen Corona gesperrt.

Ich bin sehr dankbar, dass Gott mir die Möglichkeit gegeben hat, in andere Kontinente dieser Welt zu reisen. Ich bin auch sehr froh darüber, meinen Mann getroffen zu haben, der mit mir viele Länder bereist hat. Ich realisiere allmählich, wie sicher die Welt ist und wie furchtlos und ohne Tabus man sie erleben kann. Ich denke, die Ängste meiner Kindheit waren das Ergebnis von Verboten und Tabus in Teilen der Kultur und Tradition meiner Heimat und Herkunft in *Nembe*. Manche Menschen verehren oder beten sogar zu Heiligkeiten wie Meerjungfrauen unter Wasser oder zu der Pythonschlange, die als heiliges Tier nicht verfolgt oder gar getötet werden darf.

Der Teil von *Nembe,* in dem ich aufwuchs, heißt *Ogbolomabiri.* Hier gibt es Grund- und Hauptschulen und die anglikanische Kirche. Hier waren die Tabus und gesellschaftlichen Verbote nicht so stark wie in dem anderen Teil *Orumabiri,* wo es keine Schule und keine Kirche gibt. Dort hatten die meisten Familien in ihren Wohnungen oder Häusern kultische Bereiche oder Opferecken für ihre Götter. Deren Geist, Gesinnung oder Meinung und Stimmung übertrugen sich manchmal auf die Menschen, sie kleideten sich entsprechend für ihre Idole, opferten für sie, liefen und tanzten durch die Straßen und wurden mitunter aggressiv.

Die beiden Teile von *Nembe* werden durch ein kleines Flüsschen getrennt. Sie sind verbunden durch eine kleine Brücke, die im Zuge politischer Streitigkeiten inzwischen zerstört und nicht wieder repariert wurde, oder sind mit einem kleinen Boot erreichbar.

Als Kind besuchte ich, aus Angst, nur mit meinen älteren Cousinen meine Verwandten in *Orumabiri*, weil ich fand, dass der Weg zu gefährlich war. Hinter der Brücke führte ein langer, schmaler und einsamer Fußweg zwischen Büschen hindurch zum Eingang der Stadt, der durch Altäre markiert war. Es gab einen schmalen Pfad für Männer und einen anderen für Frauen, denen es auch verboten war, dort Lasten auf ihren Köpfen zu tragen, wie es sonst überall üblich war. Wer die Regeln brach, wurde aufgefordert, den Göttern ein Opfer zu bringen, damit ihm oder seiner Familie kein Unglück geschieht.

Ich kann mich daran erinnern, dass, vor dem Bau der Brücke, Kinder auf dem Weg zur Schule mit dem Boot ertrunken sind. Sie konnten nicht schwimmen. Einige Menschen starben auch an Krankheiten, die sie bei besserer medizinischer Versorgung überlebt hätten.

Auch ich wurde ein Opfer von Malaria im Alter von zehn Jahren. Ich hatte Glück und überlebte sie. Ich hatte das Bewusstsein verloren und kam erst wieder zu mir, als ich meine Mutter schreien hörte: „Halte deine Augen offen! Schließe sie nicht!" Dabei schlug sie mich mit ihren Pantoffeln und rief immer wieder: „Mach die Augen nicht zu!"

Es war die Gunst Gottes, diese Zeiten überlebt zu haben. Meine Erfahrungen als Kind haben mich als Erwachsene dazu gedrängt, einen Weg zu finden, mit meinen Kindern das Land zu verlassen. Sie sollten in Sicherheit aufwachsen. Ich sehe es als ein großes Geschenk Gottes an, dass meine Kinder nicht durch solche Zeiten gehen mussten und dass ich meinen Mann kennengelernt habe.

Gott liebt mich. Das ist der Grund, weshalb ich Menschen helfe, die in Not sind, wenn ich kann. Es ist gut, etwas zurückzugeben. In der Bibel steht: „Was ihr dem geringsten meiner Brüder getan habt, das habt ihr mir getan."

Die Autorin

1965 in Nigeria geboren, wächst Tina Barg in einem großen Familiensystem, aber ohne Vater auf. Als sie mit 11 Jahren ihre Mutter verliert, beginnt eine schwierige Jugendzeit. Fleiß, Mut und Entschlossenheit sowie großes Gottvertrauen helfen ihr auf dem Weg zur Unabhängigkeit. Sie absolviert das Studium der Erziehungswissenschaften an der University of Ibadan und arbeitet in der Universitätsverwaltung. Auf Englisch schreibt sie über ihr Leben in Nigeria – „Coming from Nembe" bleibt aber unveröffentlicht. Tina Barg lernt einen Lehrer aus Deutschland kennen und lieben, heiratet ihn und übersiedelt 2006 mit ihren drei Kindern aus erster Ehe nach Deutschland. Sie lernt die Sprache, lässt sich als Erzieherin ausbilden und arbeitet in einer Kindertagesstätte. Während der Corona-Pandemie beginnt Tina Barg wieder mit dem Schreiben, diesmal – aus Dankbarkeit und Wertschätzung für das Land, das ihre Heimat geworden ist – auf Deutsch.

DER VERLAG

VINDOBONA
VERLAG SEIT 1946

ein Verlag mit Geschichte

Bereits seit 1946 steht der Vindobona Verlag im Dienst seiner Bücher und Autoren. Ursprünglich im Bereich periodisch erscheinender Journale tätig, präsentiert sich der Verlag heute als kompetenter Partner für Neuautoren am deutschen, österreichischen und schweizerischen Buchmarkt. Engagement, Verlässlichkeit und Sachverstand – das sind die Grundpfeiler, auf denen der Verlag seit jeher sicher steht.

Sie möchten mit Ihrem Werk das vielseitige Verlagsprogramm bereichern? Der Vindobona Verlag garantiert Ihnen eine professionelle Prüfung Ihres Manuskriptes durch das Lektorat sowie eine zeitnahe Rückmeldung.

Genauere Informationen zum Verlag
finden Sie im Internet unter:

www.vindobonaverlag.com